LUKAS OSTERBERG

Gerit Kopietz & Jörg Sommer

McMorrister ermittelt ...

Abgetaucht

Mit Zeichnungen von Andi Wolff

Der Kinderbuch Verlag

Für Stefan,
den größten McMorrister seit Mortimer.
G. K. & J. S.

Inhalt

Wer alles in unserer Geschichte mitspielt

Mortimer McMorrister

… lebt in den Kellergängen der Christophorus-Grundschule. Für die meisten Menschen ist er „nur" eine Maus. Tatsächlich ist McMorrister zwar nur zwölf Zentimeter groß (mit Schwanz und Schlapphut), aber ein echter Meisterdetektiv. Er hat Erfahrung, den richtigen Riecher und eine Menge Grips. Schon manch ein Ganove hat ihn unterschätzt – und landete schneller hinter Schloss und Riegel, als er schauen konnte. Ein Profi wie McMorrister darf auch schon mal ein große Klappe haben. Doch leider bringt ihn diese öfter in haarsträubende Situationen, als ihm lieb ist. Wie gut, dass er Freunde hat, auf die er sich verlassen kann: Pia, Kevin und Ylmaz – und außerdem Tonne und Knorrz. Zusammen haben die sechs schon einige Abenteuer bestanden.

Pia Köhler

… ist McMorristers beste Freundin. Sie geht in die Klasse 4 c der Christophorus-Schule, ist Klassensprecherin und ganz schön clever. Darum ist sie nicht nur in der Schule gut – auch als Detektivin hat sie oft tolle Einfälle. Außer auf McMorrister steht Pia auf Musik und Bücher. Dafür kann sie Pfefferminztee und Lakritzbonbons nicht ausstehen.

Kevin Schmidbauer

… wohnt im selben Haus wie Pia, geht in dieselbe Klasse, hat aber (seufz) nicht die gleichen Noten. Vor allem in Deutsch hapert es gewaltig. Dafür kennt er so ziemlich jeden Krimi, der schon mal im Fernsehen lief. Daher hat er auch die meisten seiner detektivischen Ideen. Außerdem mag er Skateboardfahren und Schokolade und experimentiert gern mit Chemikalien. Was er nicht so mag, ist die Schule. Ohne seinen Freund McMorrister könnte ihm der Laden gestohlen bleiben.

Ylmaz Erbakan

… hat türkische Eltern. Sie sind vor vielen Jahren als Gastarbeiter nach Deutschland gekommen. Er wurde zwar hier geboren, aber sein Deutsch ist immer noch nicht perfekt, denn zu Hause sprechen alle nur Türkisch. Dafür ist Ylmaz ein echtes Mathegenie. Später will er Schauspieler werden. Dazu hat er auch großes Talent, was für einige Fälle von McMorrister sehr hilfreich ist.

Kater Tonne

… ist fast ein richtiger Kater: sehr groß, sehr alt und sehr fett. Seltsamerweise hält er nichts von Mäusefangen. Und das, obwohl der Hausmeister ihn extra dafür angeschafft hat. Doch diese Eigenschaft ist es, die seine langjährige Freundschaft mit McMorrister erst möglich gemacht hat. Die beiden schlürfen mit Vorliebe zusammen Colareste und reden über Gott und die Welt. Manchmal veranstalten sie auch ein kleines Schaujagen – extra für Hausmeister Gronmann.

Raffael Sirius Arminius Knorrz

… ist knallschwarz, rotzfrech und fürchterlich eingebildet – eben ein Rabe, wie er im Buche steht. Er redet fürchterlich geschwollen und hat eine fürchterliche Aussprache. Aber er ist ein echter Kumpel – in guten und vor allem in schlechten Zeiten. McMorrister wäre ohne Knorrz schon einige Male aufgeschmissen gewesen.

Dr. Archibald Morenius

… ist McMorristers Patenonkel und die wunderlichste Maus im ganzen Schulhaus. Er lebt und arbeitet in dem Modell einer alten Ritterburg, oben auf dem Speicher. Sein Beruf: Erfinder. Von morgens bis abends erfindet Onkel Archibald die merkwürdigsten Dinge: Käseschnellschmelzer, Mikrowellen-Mäusetauchboote, Turbinen-Mäusegänge-Belüftungsgeneratoren und vieles mehr. Einiges davon funktioniert sogar.

Adele McMorrister

… ist die Mama von McMorrister (und von seinen zweiundzwanzig älteren Geschwistern). Sie duldet keinen

Widerspruch, auch nicht von ihrem jüngsten Spross. Ihr Wille ist Gesetz. Für McMorristers Ausflüge in die Menschenwelt und seine detektivischen Abenteuer hat sie kein Verständnis. Mamas Leitspruch: „Eine Maus ist eine Maus. Basta!"

Sigmar Moosdorf

… ist der neue Sportlehrer der 4c. Auf den ersten Blick wirkt er etwas weltfremd. Doch das täuscht. Zwar fährt er ein Auto, das eigentlich schon zwanzig Jahre schrottreif ist, aber sein Grips ist noch lange nicht eingerostet. Auch wenn er es selbst nicht merkt: Eigentlich hat er den ganzen Schlamassel ausgelöst, in den McMorrister und seine Freunde in diesem Abenteuer geraten.

Harry und seine Bande

… sind wirklich supergemeine Mäusebengel. Zwar ist Harry ein Vetter von McMorrister, doch das hindert ihn nicht, McMorrister bei jeder Gelegenheit zu ärgern. Überhaupt vergreift Harry sich gerne an Schwächeren. Deshalb bekommt er auch regelmäßig Ärger mit McMorrister. Doch diesmal bekommt McMorrister Ärger mit Harry – und das geht beinahe böse aus.

Der schöne Eddie

… heißt eigentlich Edgar Bröskamp und ist der berüchtigste Ganove der Stadt. Er legt Wert auf seinen Spitznamen „schöner Eddie“, obwohl keiner weiß, wie er zu diesem Namen gekommen ist. Eddie ist zwar schlau und gemein, aber bestimmt nicht schön und auch nicht besonders stark. Deshalb schleppt er immer seine beiden Helfer mit sich herum. Sie sehen aus wie Kleiderschränke und haben auch etwa so viel Grips. Eddie bereitet den größten Coup seines Lebens vor. Wenn es nach McMorrister geht, wird dies auch sein letzter sein.

Kommissar Willinger

… ist der Schrecken aller Gangster und Ganoven. Als erfahrener Polizist riecht er jede krumme Tour auf Anhieb. Für Kinder, die Detektiv spielen wollen, hat er überhaupt kein Verständnis. Dass ihm bei einem seiner wichtigsten Fälle nicht nur Kinder, sondern sogar noch eine Maus die Arbeit abnehmen, damit hätte er sicher nie gerechnet.

Wie alles begann …
… indem ich vielen Menschen das Leben rettete, obwohl ich selbst gerettet werden musste

Kennen gelernt haben Pia, Kevin, Ylmaz und ich uns vor einem knappen Jahr. Wenn ich an die Umstände denke, dann packt mich noch heute das kalte Grausen. Oder sollte ich besser sagen: das heiße Grausen?

Eigentlich ist das ja eine Geschichte für sich. Ich spürte damals einer Bande von Trickdieben nach und hatte sie auch schon so gut wie enttarnt. Darüber erzähle ich ein anderes Mal mehr. Versprochen. Jedenfalls hatte ich bis zu diesem Zeitpunkt noch keinem Menschen auf die Nase gebunden, dass ich mehr war als nur eine kleine graue Hausmaus. Erstens wäre das nicht ungefährlich. Zweitens war es bisher auch nicht nötig. Denn meine Fälle hatte ich bis dahin vor allem in unserer Mäusekolonie gelöst. Vom verschwundenen Käsevorrat bis zum entführten Mäusemädchen hatte ich sie alle locker zum guten Abschluss gebracht. Aber an diesem Donnerstag im September ging einfach alles schief.

Erst hatte ich gründlich verschlafen, dann war die Milch sauer und mein Käsevorrat verschimmelt. Meinen Hut konnte ich auch nirgends finden. Als ich

mich endlich aus meinem Mäusebau schleppte, schrillte plötzlich ein ohrenbetäubender Lärm durch die Gänge.
Feueralarm!
Ich sauste hinauf in die Schulhalle und sah, dass einzelne Klassen geordnet und langsam das Schulgebäude verließen. Aha. Also wieder bloß eine Übung. Denn der Ernstfall sähe garantiert wesentlich chaotischer aus.
Ich war erst einmal beruhigt. Das ist eine Chance für ein leckeres Frühstück, dachte ich. Also flitzte ich die Wand entlang in Richtung Schulküche. Dort gab es immer was zu naschen. Ich stehe ja normalerweise nicht auf diese Art von Fast Food. Aber so ein Detektiv im Einsatz hat eben nicht immer die Zeit, sich eine warme Mahlzeit zu kochen. Schon gar nicht, wenn er verschlafen hat.
Die Schulküche war völlig menschenleer. Die Klasse, die hier gerade Kochunterricht hatte, war bereits mit ihrer Lehrerin abgezogen. Überall standen noch Teller, Töpfe und Pfannen herum.
Was roch denn hier so brenzlig?
Ich schnüffelte.
Da hatte doch jemand eine Herdplatte mit einer Pfanne drauf angelassen!
Es rauchte schon und begann ganz fürchterlich zu

stinken. Und jetzt fing der Inhalt der Pfanne auch noch an zu brennen. Eine Flamme schoss hoch, die Kochbücher im Regal darüber fingen Feuer. Im Nu brannte das ganze Regal, und das Feuer breitete sich weiter aus.

Nichts wie weg hier, dachte ich. Aber dann dämmerte mir das ganze Ausmaß der Gefahr. So verrückt es war: Jetzt bei der Feueralarmübung würde kein Mensch auf ein richtiges Feuer achten. Und nochmals Alarm auszulösen wäre völlig sinnlos, niemand würde ihn ernst nehmen.

Mir musste etwas einfallen. Das Feuer fraß sich rasend schnell weiter, es qualmte so stark, dass ich kaum noch atmen konnte. Ich flitzte aus dem Raum und sah mich um.

Das Telefon im Hausmeisterzimmer! So schnell ich konnte, flitzte ich hinein und kletterte auf den Tisch. Das war noch der leichtere Teil.

Nun musste ich den Hörer von der Gabel schubsen und wählen. Für eine winzig kleine Maus ist das äußerst schwierig. Aber irgendwie schaffte ich es, auf die Tasten 1-1-2 zu hüpfen.

Es meldete sich die Feuerwehr:

„Rettungsleitstelle. Nennen Sie bitte Ihren Namen und Ihre Adresse und den Grund Ihres Anrufs.“

Jetzt kam die Stunde der Wahrheit. Zum ersten Mal

musste ich mit einem echten Menschen sprechen. Nicht dass ich es mir nicht zugetraut hätte. Schließlich bin ich in Fremdsprachen ziemlich begabt. Mit Katzen (sehr wichtig) und Vögeln (sehr lustig) konnte ich mich problemlos verständigen. Um die Menschensprache zu lernen, hatte ich mich oft unter dem Lehrerpult versteckt, um eine kostenlose Deutschstunde mitzumachen. Inzwischen konnte ich die Menschen recht gut verstehen – aber selber sprechen? Ich atmete tief durch und legte los:
„Hirr iss ein Feier!"
„Wie bitte?"
„Hieerrr isssss eeein Feeeieeer!!"
„Ein Feuer?"
„Jau."
„Nennen Sie bitte die genaue Adresse."
„In der Sssuhle!"
„In der Schule?" Na, der war ja helle.
„Jau!"
„In welcher Schule? Im Anna-Gymnasium?"
„Nö!"
„In der Christophorus-Grundschule?"
Inzwischen drang der Rauch schon hierher. Mir wurde ganz schwindlig. „Jau!", brachte ich noch hervor. Dann hörte und sah ich nichts mehr. Über den Telefontasten brach ich bewusstlos zusammen.

Erst später erfuhr ich, was danach geschah.
In der Zwischenzeit waren die meisten Schüler schon im Freien, ohne von dem richtigen Feuer etwas mitgekriegt zu haben. Nur die Klasse von Pia, Kevin und Ylmaz war ganz oben in einem Klassenzimmer gewesen. Sie kamen erst runter in die Schulhalle, als der Rauch schon fast undurchdringlich war. Die meisten Kinder gerieten in Panik, schrien und rannten durcheinander. Der Lehrer versuchte vergeblich sie zu beruhigen, alle husteten wie verrückt. Nur Pia, Kevin und Ylmaz bewahrten einen kühlen Kopf. Deshalb hörte Pia trotz des Tumults vielleicht auch das Piepen des Telefons im Hausmeisterzimmer – oder hatte sie dieselbe geniale Idee wie ich zuvor und wollte die Feuerwehr anrufen?
Gefolgt von Kevin und Ylmaz, rannte sie hinein und entdeckte mich – wie tot hingestreckt über den Telefontasten. Genau in diesem Augenblick traf die Feuerwehr ein.
Bevor die anderen Kinder und der Lehrer mich entdecken konnten, hatte Pia mich geschnappt und war durchs Fenster ins Freie geklettert. Kurz darauf war auch der Rest der Klasse in Sicherheit.
Während alle anderen den Löscharbeiten zusahen, versuchte Pia mich mit Streicheln wieder zum Leben zu erwecken. Es half ausgezeichnet, und ich

erwachte aus meiner Ohnmacht. Allerdings musste ich erst einmal fürchterlich husten.
„O du armes Mäuschen! Zum Glück haben wir dich vor dem sicheren Tod gerettet!"
Das war zu viel. Zumindest stimmte die Reihenfolge nicht. Ich richtete mich auf, und ohne groß nachzudenken, polterte ich los:
„Quatsss. Ich habe eich zuerst gerettet. Ohne mir wehrt ihr allä värbrannt oder ärssstickt!"
Atemlose Stille. Pia, Kevin und Ylmaz glotzten mich an, als wäre ich ein Gespenst. So dumme Gesichter sieht man sonst selten.
Allerdings war mir selbst plötzlich auch nicht wohl dabei, dass ich mein Geheimnis preisgegeben hatte. Schließlich sind viele Menschen für uns Mäuse schlimmere Feinde als Katzen. Sogar wenn sie scheinbar freundlich tun. Doch diese drei kamen mir eigentlich nicht wie Mäusefeinde vor…
Und zu ihrer Ehre muss ich sagen, dass die drei schnell schalteten und keinen großen Aufstand daraus machten, dass sie eine sprechende Maus getroffen hatten.
Außerdem konnte ich ihnen das Versprechen abnehmen, niemand anderem von mir zu erzählen. Daran haben sie sich bis heute gehalten. Denn seit diesem Tag sind wir unzertrennlich. Sie haben mir geholfen,

meine Aussprache zu verbessern, und ich ließ sie dafür an meinen Abenteuern teilnehmen. Zusammen sind wir praktisch unschlagbar.
In dem Fall mit dem „schönen Eddie“ sollte es allerdings verdammt knapp werden. Zumal wir auch noch einige andere Schwierigkeiten zu bestehen hatten …

1. Kapitel – in dem ich einen Drachen fange und ein Rabe sich als guter Freund erweist

Mein Blick fiel nach unten. Mein Körper erstarrte. O Mann, war das tief. Zwanzig Meter unter mir lag der asphaltierte Schulhof. Wenn ich hier abstürzte, dann…

Okay. Es war meine eigene Schuld. Hätte ich wie alle anderen geschwiegen, als sich Kevins Drache am Kamin des Schuldaches verfing, dann müsste ich nicht hier oben mein kostbares Mäuseleben riskieren. Aber nein, McMorrister musste sein Maul wieder meilenweit aufreißen. Ich musste unbedingt den Helden markieren. Nun gut. Was tut man nicht alles für seine Freunde. Aber das hier ging entschieden zu weit.

Langsam, ganz langsam tastete ich mich an der Dachkante entlang. Noch einmal würde ich nicht nach unten schauen. Erst wenige Zentimeter lagen zwischen der Dachluke und mir. Und doch schienen schon Stunden vergangen zu sein. Dabei musste ich noch zwei Meter zurücklegen. Der Schornstein schien in unerreichbarer Ferne. Der Drachen flatterte im Wind und schlug dabei immer wieder gegen die Schornsteinkante. Zu spät, um umzukehren.

Dort unten im Schulhof standen jede Menge Kinder und starrten herauf. Mich konnten sie allerdings hier oben nicht sehen. Dass ich oben war, wussten sowieso nur Kevin, Pia und Ylmaz. Also weiter, McMorrister!

Zentimeter um Zentimeter kämpfte ich mich vorwärts. Das Dach war steiler, als es von unten aussah. Die alten Dachziegel waren glitschig von Moos. Ich kämpfte einen bitteren Kampf. Plötzlich, einen halben Meter vor meinem Ziel, geschah es. Auf einem feuchten Moosstück verlor ich den Halt. Mir stockte der Atem. Meine Pfoten suchten festen Halt. Vergeblich. Schneller und schneller rutschte ich abwärts. Die Dachkante war meine letzte Hoffnung. Doch ich schoss darüber hinweg...

und landete in der Regenrinne. Inmitten einer Lache von schmutzigem rostigem Wasser.

Ich hasse Wasser. Trotzdem habe ich wohl noch nie so gerne in einer Pfütze gesessen. Ich rappelte mich auf und warf einen Blick über die Kante. Unten im Hof hatte niemand etwas von meinem „Ausrutscher" bemerkt.

Aber wie kam ich jetzt wieder hinauf aufs Dach? Verzweifelt startete ich einen zweiten Versuch. Auf dem Bauch kriechend musste ich die Steigung auf dem glitschigen Moos bewältigen. Nach einer halben

Ewigkeit war ich endlich am Kamin angelangt. Ich hangelte mich an die obere Kante. Der Drachen drohte mehrmals mich herunterzufetzen. Der Wind war stärker geworden, und zu allem Überfluss begann es zu nieseln.

Ich schaute mir die Bescherung an. Das Seil hatte sich zweimal um den Schornstein gewickelt. Das würde ich nie loskriegen. Ich musste den Drachen abschneiden. Schließlich hat jeder echte Profi ein Taschenmesser bei sich. Und ich bin ein echter Profi. Aber ich hatte nur eine freie Pfote. Wie sollte ich damit die im Wind hin und her schlagende Drachenschnur durchschneiden?

Kurz entschlossen wickelte ich das Seil um meine linke Pfote. So blieb es ruhig und ich hatte einen sicheren Stand. Dann fing ich an, mit dem Taschenmesser das Seil durchzusäbeln. Die Nylonschnur war stabiler, als ich dachte. Ich säbelte wie ein Wilder. Endlich fing sie an zu reißen. Noch zwei Schnitte, ein dritter. Ich hatte es geschafft!

Ich erstarrte. Nur ein Dummkopf konnte auf der falschen Seite schneiden. Und ich war ein Dummkopf. Noch immer war meine Pfote fest mit der Schnur verbunden. Leider mit dem falschen Ende. Es war die Seite mit dem Drachen.

Ein neuer, heftiger Windstoß riss mich aus meinen

trüben Gedanken. Er nahm den freigewordenen Drachen mit sich. Und eine arme kleine Maus namens McMorrister. Ich hatte ein strammes Mäusegewicht von sechzehn Gramm. Doch jetzt war das kaum mehr als nichts. Schnell ging es hoch in die Lüfte. Ich zappelte hilflos an der Schnur. Sollte dies mein Ende sein? Das Leben eines viel versprechenden jungen Mäusedetektivs – aus und vorbei?
In diesem Moment legte sich ein dunkler Schatten über meine Augen. Ein schwarzes Ungetüm hatte seine Krallen in den Drachen geschlagen. Ein bekanntes Krächzen weckte neue Hoffnung in mir. Ich schaute auf. Tatsächlich!
„Knorrz. Kerl, ich liebe dich!"
„Frreut mich, dass därr bärrühmte Detektiv McMorristär mirr die Ährrä gibt, von mir bäscheidänäm Rrabän gärrätet wärrden zu dürrfän!"
Mein Herz jubelte. Auf gute Freunde ist immer Verlass. Der Rabe Knorrz heißt eigentlich Raffael Sirius Arminius Knorrz. Er redet fürchterlich geschwollen. Und er ist ebenso fürchterlich eingebildet. Außerdem ist er selbst für einen Raben noch unheimlich frech. Aber er ist ein wahrer Freund. Einbildung hin oder her – das musste ich ihm nun sagen.
„Knorrz, ich werde nie wieder ‚eingebildeter Schwarzrock' zu dir sagen."

„Värrsprrochän?“
„Versprochen!“
„Gut. Dann wärrdä ich dich wohl mal wiedärr absätzän.“
Knorrz flatterte direkt hinter der Schule hinab auf die Wiese. Sanft landete er mit mir im weichen Gras. Dann wartete er geduldig, bis ich mich von der Schnur befreit und das Ende an einem der Büsche festgeknotet hatte. Von weitem hörte ich die Schülermeute um das Gebäude hetzen. Sie hatten den Drachen wohl aus den Augen verloren. Sie sollten weder Knorrz noch mich hier sehen.
Ich wandte mich schnell dem Raben zu: „Knorrz, ich werde dir ewig dankbar sein. Tu mir nun noch einen Gefallen und fliege fort. Schnell.“
„Abärr warrum dänn?“
„Quatsch nicht, zisch ab. Du eingebild …“
Ich schlug die Pfote vor den Mund, aber Knorrz war schon beleidigt.
„Gut. Ich gähä. Abärr beim nächstän Mal lassä ich dich abstürrzän. So was von undankbarr. Typisch Maus!“
Er schüttelte den Kopf und flatterte in die Höhe. Gerade rechtzeitig. Schon kamen die ersten Kinder um die Ecke. Angeführt von meinen Freunden Kevin, Pia und Ylmaz. Ich konnte gerade noch

hinter einem hohen Grasbüschel verschwinden. Kevin kam als Erster an. Eilig löste er die Drachenschnur vom Busch. In einem unbemerkten Augenblick kletterte ich seitlich an seiner Jeans hoch und schlüpfte in seine Jacke.

„Na endlich, Kinder. Ich dachte schon, ihr kommt gar nicht mehr. Na, Kevin, was sagst du zu deinem Drachen? Erst wollte er nicht so, wie ich wollte. Nun hat er eben ein paar Kratzer."

Kevin klappte den Mund auf: „Ich dachte, du…?"

„Kevin! Langsam solltest du wissen, dass du das Denken mir überlassen kannst. So wahr ich McMorrister heiße: Solch ein Drachen ist doch kein Vergleich mit wirklich harten Fällen."

Kevin nickte nur ehrfurchtsvoll mit dem Kopf. Da drängten sich schon die anderen Kinder staunend und lachend um ihn.

„Mensch, Kevin, da haste aber unwahrscheinliches Glück gehabt. Wir dachten, den Drachen siehst du nie wieder!"

Pia und Ylmaz grinsten und sagten nichts.

Nur der neue Sportlehrer, Herr Moosdorf, schaute nachdenklich in den Himmel, dem davonflatternden Raben Knorrz nach…

2. Kapitel – in dem meine Mama eine gute Idee, aber sonst keine Ahnung hat

„Mortimer, ich bin entsetzt!“ Mama schüttelte den Kopf und raufte sich die Vorderpfoten.
Mama ist übrigens die Einzige, die mich bei meinem fürchterlichen Vornamen nennen darf. Für alle anderen bin ich einfach nur McMorrister. Kein Vorname, kein Titel, kein gar nichts. Einfach nur McMorrister. So gehört sich das für einen echten Detektiv. Und ich bin einer der echtesten.
Privatdetektiv ist ein harter Job. Nichts für Waschlappen. Man braucht eine Menge Grips, Einfallsreichtum und Erfahrung, Nerven wie Drahtseile und „den richtigen Riecher“. Und genau da kommt keiner so schnell an mich ran. Da schadet es auch gar nichts, dass ich eine Maus bin. Zugegeben, meine Größe von zwölf Zentimetern (inklusive Schwanz und Schlapphut) macht auf Gangster und Ganoven keinen großen Eindruck. Aber der Schein trügt. Das hat schon manch einer schmerzhaft zu spüren bekommen. Denn Grips ist keine Frage von Größe.
Doch selbst der gerissenste Detektiv hat wenigstens eine Schwachstelle. Meine Schwachstelle ist Mama. Mama McMorrister duldet keinen Widerspruch.

Von keinem ihrer dreiundzwanzig Kinder. Und auch nicht von ihrem Mann. Mamas Wille ist Gesetz.

Mama war also entsetzt. Das ist sie immer, wenn etwas nicht nach ihrer Vorstellung läuft. Aber was genau störte sie diesmal? Ganz rein war mein Gewissen ihr gegenüber nie.

Vorsichtig sagte ich: „Ich verstehe dich voll und ganz, Mama."

„Selbstverständlich verstehst du mich. Du verstehst mich immer. Aber ich verstehe dich nicht."

„Ja, aber warum denn nur, Mama?"

„Weil du einfach so gar nichts Mäusemäßiges an dir hast. Ständig strolchst du mit diesen fürchterlichen Menschenkindern herum und bringst dich und uns in immer neue Schwierigkeiten. Eines Tages wirst du noch in einer Mausefalle enden. Ich sehe es schon vor mir ..."

Ob sie doch schon von dem Zwischenfall wusste? Wer konnte es ihr nur verraten haben? Mein fieser Vetter Harry vielleicht?

„Mortimer, ich kann gar nicht glauben, was mein lieber Neffe Harry mir berichtet hat."

Also doch. Harry hatte mich wieder angeschwärzt. Dieses gemeine Miststück hat den ganzen Tag nichts anderes zu tun, als mich und viele andere Mäuse zu ärgern und zu quälen. Oh, wenn ich den nur in die Pfoten kriege...

„Mortimer! Stimmt das?"

„Äh, Mama, ich weiß gar nicht..."

„Mortimer, mach mir nichts vor. Hast du dich gestern mit Harry geprügelt oder nicht?"

Uff, sie wusste also doch noch nichts von meinem unfreiwilligen Drachenflug. Bei dieser Geschichte hier hatte ich gute Karten.

„Stimmt schon, Mama. Aber Harry und seine Freunde hatten den kleinen Pit in einer Zigarettenschachtel eingesperrt. Und da..."

„Mortimer, das kann ich gar nicht glauben."

„Doch, Mama, ehrlich! Pit quiekte ganz erbärmlich. Aber Harry und die anderen lachten nur und hüpften auf der Zigarettenschachtel herum. Da musste ich doch eingreifen!"

Mama runzelte die Stirn und seufzte dann tief.

„Mortimer, ich weiß nicht, was vorgefallen ist und wem ich nun glauben soll. Aber egal, was geschehen ist. Harry ist dein Vetter, und du solltest dir etwas mehr Mühe geben, um mit ihm gut auszukommen. Versprichst du mir das?"

Ich versprach es ihr, um das Gespräch abzukürzen. Doch Mama war noch nicht fertig.

„Mortimer, Papa und ich haben beschlossen, dass du

in Zukunft etwas mehr Aufgaben übertragen bekommst. Das wird dich von deinen Detektivspielen mit den Menschenkindern ablenken."
Oje! Was sollte denn das heißen? Wache stehen am Eingang zur Mäusekolonie? Wassereimer aus dem Keller hochschleppen? Oder Käse klein krümeln im Vorratslager?
„Du solltest deinem Patenonkel öfter als Assistent zur Hand gehen. Du weißt, Dr. Morenius ist eine gebildete Maus. Ihr beide werdet euch sicher gut verstehen. Papa ist damit einverstanden."
Klar. Papa stimmt allem zu, was Mama sagt. Das war schon so, seit ich denken kann. Doch diesmal war ich so erleichtert, dass ich mir Mühe geben musste, es vor Mama zu verbergen. Sonst hätte sie noch ihren Beschluss geändert.
So zog ich nur ein zerknirschtes Gesicht. „Wenn du meinst, Mama."
Mama entließ mich gnädig.
Gut gelaunt machte ich mich auf den langen Weg bis unters Dach der Schule. Hier wohnt unsere Mäusekolonie seit Urzeiten. Unendlich viele Mäuse bevölkern das alte Schulgebäude. Die genaue Zahl kennt niemand. Sie ändert sich ohnehin beinahe stündlich. Mäuse von jeder Größe. Mäuse jeden Charakters. Aber Dr. Archibald Morenius ist zweifellos die

wunderlichste Maus von allen (außer mir natürlich). Er ist ein entfernter Halbvetter meines Papas. Diese Tatsache ließ ihn mein Patenonkel werden. Schließlich war ich das dreiundzwanzigste Mäusekind. Da waren die Patenmäuse knapp geworden. Alle weniger wunderlichen Mäuse waren schon an meine zweiundzwanzig Geschwister vergeben.

Dr. Archibald Morenius und ich hatten eines gemeinsam: Wir waren beide das letzte Glied einer langen Kette. Das führte uns schließlich zusammen. Meine Mutter wusste nicht, dass ich meinen Onkel freiwillig schon oft in seinem Labor hoch oben unter dem Schuldach besucht hatte.

Vergnügt pfeifend stieß ich das Tor zu der alten ausrangierten Ritterburg auf. Hier wohnte und arbeitete Dr. Morenius. Die Burg war mit allen Schikanen ausgestattet: Wassergraben, Zugbrücke, Wachtürmchen, Kerker, Pferdeställe und Ritterturm.

„Deckung!“

Erschrocken blieb ich stehen.

„In Deckung! Hörst du? Runter, sag ich!“

Jetzt ging es um Sekunden. Eine Bombe? Attentäter? Ein Erdbeben? Egal, Hauptsache, Kopf runter. Aber wo?

3. Kapitel – in dem mehrere Versuche und ein Streich schief gehen

Ich sprang mit zwei Riesensätzen direkt in das offene Holzfass. Im selben Moment flammte ein greller Lichtblitz auf. Ein lauter Donner brandete über mich hinweg. Nur wenig später kam die Druckwelle der Explosion. Sie warf das Fass gegen die Außenmauer der Burg, wo es in tausend Stücke zerschellte. Danach war atemlose Stille. Wie durch ein Wunder war ich bis auf ein paar kleine Kratzer in Ordnung geblieben.

Mühsam rappelte ich mich auf und klopfte mir den Staub von Fell und Klamotten. Vor mir stand ein ziemlich alter Mäuserich mit zerfledderten Ohren und zerzaustem Fell. Ich ahnte, wem ich den Schreck zu verdanken hatte.

„Ey, Onkel Archibald, das war ja wirklich eine knallige Begrüßung."

Dr. Archibald Morenius starrte mich über seine völlig verstaubten Brillengläser hinweg an.

„Ach, Junge, du bist das. Prima. Kannst mir gleich helfen. Wir versuchen es noch einmal."

„Klasse! Klar, ich bin dabei. Aber diesmal bitte an sicherer Stelle! Was hast du denn ausgetüftelt?"

Dr. Morenius zeigte auf eine stabile Plattform mitten im Burghof. Durch den beißenden Rauch konnte ich die Reste einer Blechdose erkennen. Verdächtig aussehender gelber Qualm stieg daraus empor.
Vielleicht sollte ich an dieser Stelle erwähnen, dass Dr. Morenius von Beruf Erfinder ist. Von morgens bis abends denkt er sich neue und neueste Dinge aus oder experimentiert herum. Aber nicht alles funktioniert, wie es funktionieren sollte. Auch die verkohlte Blechdose wurde bis heute nicht, was sie werden sollte: ein Käseschnellschmelzer.
Eine ganze Stunde half ich Onkel Archibald bei drei weiteren Versuchen, die leider ebenso erfolglos verliefen. Schließlich sah ich auf meine Uhr und stellte fest, dass es schon halb elf war.
Die große Pause hatte angefangen! Meine Freunde von der 4c erwarteten mich. Ich spurtete los und kam gerade noch rechtzeitig. Sie standen wie immer im Schulhof bei den Fahrradständern.
Pia entdeckte mich als Erste.
„Hallo, McMorrister. Wir hatten schon nicht mehr mit dir gerechnet.“
„Dabei brauchen wir ganz dringend deine Meinung“, ergänzte Ylmaz.
Pia sprudelte sofort los: „Wir haben doch seit letzter Woche den neuen Sportlehrer, Herrn Moosdorf.

Der ist zwar ganz nett, aber trotzdem kommt er um einen Willkommensstreich nicht herum. Nach der Pause soll die Sache steigen."
„Und was habt ihr vor? Wollt ihr ihm die Luft aus den Autoreifen lassen oder einen nassen Schwamm in die Hose stopfen?", fragte ich.
Kevin schüttelt heftig den Kopf: „Nee, das ist doch viel zu ausgelutscht. Ich habe da eine andere Idee..."
Tatsächlich, die Idee war nicht schlecht. Die anderen waren begeistert. Ich zog mit in die Turnhalle. Dieses Schauspiel wollte ich mir nicht entgehen lassen. Von meinem Versteck unter der Tribüne konnte ich alles live miterleben.
Herr Moosdorf hatte hohe Kästen aufbauen lassen. Die ganze Klasse sprang fleißig über die Hindernisse. Gegen Ende der Turnstunde drückten Pia und Ylmaz sich zusammen mit drei anderen an einer Hallenwand herum.
Sie hielten das Ende eines langen Seils. Es führte über einen Flaschenzug an der Decke wieder zurück zum Boden. Mit Seil und Flaschenzug konnten schwere Geräte problemlos in der Halle hin und her transportiert werden.
Kevin hatte am anderen Ende des Seils einen Haken angeknotet. Hinter Herrn Moosdorfs Rücken lauerte er auf seine Chance. Er wollte den Haken in

Herrn Moosdorfs Gürtel einhängen. So könnten seine Freunde den Lehrer ein paar Meter hoch in die Luft befördern. Eine Runde Eis für die Klasse wollten sie als Lösegeld erpressen.
Tatsächlich, die Idee war nahezu genial. Sie hätte fast von mir sein können. Leider bereitete die Umsetzung große Schwierigkeiten. Denn Herr Moosdorf bewegte sich ständig. Er stand einfach nicht lange genug still, damit Kevin mit dem Haken nahe genug an ihn herankommen konnte.
Dann klatschte Herr Moosdorf in die Hände und rief: „Aufräumen, Kinder. Los, los. Wir müssen uns beeilen."
Der Lehrer bückte sich und löste den Bremshebel am Kasten. Kevin witterte die allerletzte Möglichkeit. Er spurtete zu Herrn Moosdorf, der sich im letzten Moment jedoch umdrehte. Beide prallten frontal zusammen. Herr Moosdorf ging zu Boden. Kevin wurde seitlich weggeschleudert und donnerte mit voller Wucht gegen den Kasten. Dabei verfing sich der Haken in der Grifföffnung. Der schwere Kasten bekam einen Schub und rollte quer durch die Halle davon.
Das Seil spannte sich. Die Kinder am anderen Ende des Seils ließen erschrocken los und stürzten halbwegs übereinander. Dabei geschah das Unglück:

Pias Fuß verfing sich in einer Schlaufe, und ruck, zuck! wurde sie kopfüber von dem schweren Kasten bis fast zur Hallendecke hochgezogen. Oben verhedderte sich das Seil im Flaschenzug.
Sofort herrschte riesige Aufregung.
Pia schrie: „Hilfe! Holt mich runter!"
Die anderen Kinder schrien laut durcheinander.
Lehrer Moosdorf kniete auf dem Boden und suchte verzweifelt seine Brille, ohne die er blind wie ein Maulwurf war.
Ein mickriger blonder Junge versuchte hektisch, den Haken vom Bockkasten zu lösen. Merkte er denn nicht, dass Pia dann kopfüber in die Tiefe stürzen würde? Er alleine konnte ihr Gewicht doch nie und nimmer halten.
Nur einer behielt in diesem Trubel die Nerven. Wer? Ich natürlich.

4. Kapitel – in dem ich ein Leben rette, einen guten Streich plane und einen dummen mitmache

In Windeseile sauste ich unter der Tribüne hervor. Todesmutig flitzte ich zwischen den Füßen der durcheinander laufenden Schüler hindurch zum Bockkasten. Im Vorbeilaufen gab ich Moosdorfs Brille einen genau berechneten Tritt. Sie schlitterte dem Lehrer direkt vor die Hände.

Dann war ich schon beim Bockkasten angekommen und sprang dem Jungen ans Bein, der kurz davor war, Pia ungewollt ums Leben zu bringen. Mit meinen scharfen Mäusezähnen zwickte ich ihn kräftig in die Wade. Prompt schrie er auf und ließ das Seil los. Jammernd und schimpfend hielt er sich das Bein.

Bevor mich jemand entdeckte, sauste ich blitzschnell zurück zu meinem Platz unter der Tribüne.

Lehrer Moosdorf hatte bereits seine Brille aufgesetzt und schaltete rasch: Zusammen mit einem halben Dutzend der stärksten Schüler löste er den Haken vom Kasten und ließ Pia langsam und vorsichtig ab. Die Ärmste war kreidebleich und zitterte wie Espenlaub.

Ich hörte noch, wie der Lehrer versuchte, den Vorfall aufzuklären.

„Also wirklich, Kinder. Ich sagte, ihr solltet aufräumen. Stattdessen veranstaltet ihr ein heilloses Chaos!“
Da klingelte die Schulglocke, die Sportstunde war zu Ende.
Der Streich war wohl gründlich danebengegangen.

Durch einen Geheimgang verzog ich mich nach draußen. Eben wollte ich über den Schulhof schlendern, als ich hinter mir ein bösartiges Fauchen vernahm. Ich blieb stehen. Mir sträubten sich sämtliche Nackenhaare. Noch ein Fauchen, dann ein Knurren aus tiefer Kehle. Ein Schatten kam langsam über mich, wurde größer und größer. Ich erstarrte. Schließlich hatte der Schatten seine übermächtige Größe erreicht. Das Knurren war jetzt nur wenige Zentimeter von meinem Ohr entfernt. Es war höchste Zeit für mich zu reagieren.
„Okay, Tonne. Du hast gewonnen. Es reicht!“
Hinter mir ertönte ein enttäuschtes Seufzen.
„Ooch, McMorrister. Du gönnst mir nicht den kleinsten Triumph.“
Ich drehte mich um und schaute einem sehr großen, sehr alten und sehr fetten Kater direkt in die dunkelgrünen Augen.
„Möchtest du es in deinem Leben wirklich noch einmal zu etwas bringen, Tonne? Dann solltest du ein

paar Kilo abnehmen und beim Fauchen nicht röcheln wie ein angeschossenes Wildschwein."

„He, he, werde bloß nicht frech, Kleiner. Sonst fresse ich dich eines Tages doch noch."

„Würde mich interessieren, wie du das mit drei Zähnen im Maul schaffen willst."

Tonne knurrte beleidigt. Seine Gemütlichkeit aber siegte. Er lümmelte sich an eine der Mülltonnen, die Hausmeister Gronmann heute Morgen herausgestellt hatte.

Der alte Kater ist mein Freund, seit ich denken kann. Anfangs sah er noch gut aus, war schlank und schnell. Mäuse jagte er aber auch damals schon nicht gern. Obwohl ihn Hausmeister Gronmann eigens dazu eingestellt hatte. So veranstalten wir eben von Zeit zu Zeit eine wilde Mäusejagd quer durch das Schulhaus. Herr Gronmann ist zufrieden, und wir haben unsere Ruhe. Damit ist allen gedient.

Ich bin wirklich kein Spielverderber. Nur heute hatte ich echt keinen Bock auf Stress.

Tonne war etwas eingeschnappt.

„Komm schon, Kumpel. So eine kleine Show für den alten Gronmann wäre mal wieder angesagt."

„Keine Zeit."

„Zeit hat man immer. Kommt nur darauf an, wofür man sie nutzt."

„Eben. Und ich kann mir gerade Schöneres vorstellen, als mich von dir durch die Gegend hetzen zu lassen."
„McMorrister, du machst mir Kummer."
„Eben."
„Eben?"
„Ja, eben. Kummer ist das richtige Wort."
Tonne wischte sich über die Schnurrhaare. Hinter seinem Rücken zauberte er eine zerbeulte Coladose hervor.
„Setz dich zu mir, Kumpel. Lass uns eine Cola schlürfen und dann erzählst du mir deinen Kummer."
Ich seufzte dramatisch. Vielleicht könnte Tonne mir ja ernsthaft bei meinem Problem helfen?
Also ließ ich mich neben dem Kater nieder und steckte meine Pfote in das süße schwarze Gebräu. Cola ist eine Leidenschaft, die uns beide verbindet. Genüsslich leckte ich mir die Pfote ab. Dann erzählte ich Tonne von meinem jüngsten Ärger mit Harry und seiner Bande und von der Standpauke meiner Mama.
Der Kater hörte aufmerksam zu. Schließlich fragte er: „Kannst du Harry nicht einfach aus dem Weg gehen?"
„Wie denn? So groß ist unsere Mäusekolonie doch

gar nicht. Und wenn er mich ärgern will, findet er mich auch."
„Aber was willst du dann tun? Und wie könnte ich dir helfen?"
„Ach, ich hätte schon eine Idee", sagte ich. „Du könntest ihm mal einen tüchtigen Schreck einjagen. Er weiß ja nicht, dass dir Mäuse nicht schmecken. Und Hausmeister Gronmann würde sich auch freuen."
Tonne grinste. „McMorrister, du bist genial! Das mach ich doch gerne für dich!" Dabei schlug er mir so herzhaft auf die Schulter, dass ich beinahe kopfüber in die Coladose gestürzt wäre.
Nun musste ich mich aber beeilen. Die Klasse 4c hatte Schulschluss. Rasch huschte ich zu unserem Treffpunkt.
Ylmaz, Kevin und Pia kamen auch gerade an. Pia war immer noch sauer auf Kevin. Er hatte angeblich alles verbockt. Allein! Ich versuchte zu vermitteln.
„Aber Pia, Kevin kann doch nichts dafür. Ich habe genau gesehen, wie es passiert ist. Das Ganze ist einfach dumm gelaufen."
Schließlich lenkte Pia ein. Aber sie beharrte darauf, dass Kevin nun einen vernünftigen Vorschlag für Lehrer Moosdorfs Willkommensstreich machen müsse.

Kevin brütete eine Weile vor sich hin. Es dauerte nicht lange, und er hatte einen neuen Plan. Harmlos, ohne jedes Risiko und im wahrsten Sinne des Wortes knallig, behauptete er. Er wollte eine kleine Rauchbombe in Lehrer Moosdorfs altem klapprigen Wagen legen. Mit Selbstzünder. Wenn Moosdorf die Fahrertür öffnete, sollte sie losgehen.
Aber Pia war schwer zu überzeugen.
„Ist das nicht doch zu gefährlich?"
„Ach was, ist doch bloß Rauch. Und Moosdorf wird ja nicht so blöd sein, dann gleich einzusteigen und loszufahren."
„Und wie willst du ohne Autoschlüssel in die Rostlaube von Moosdorf reinkommen?"
Kevin grinste. Er beugte sich herunter und kraulte mich im Genick.

Knapp zwei Stunden später hatte es Kevin tatsächlich geschafft, mit Hilfe seines Chemiebaukastens und seines großen Bruders eine Rauchbombe zu basteln. Lehrer Moosdorf hatte Nachmittagsunterricht, denn sein Auto stand noch auf dem Parkplatz. Mann, was für eine Schrottschüssel!
Nun begann meine Aufgabe. Wieder einmal verfluchte ich meine große Klappe. Natürlich hatte ich nicht nein sagen können. Ich seufzte und suchte

nach einem passenden Rostloch in der Tür. Auf der Beifahrerseite hatte ich Glück und zwängte mich hindurch. Dann wollte ich von innen die Tür aufmachen.

Doch so ein Rattenmist! Ich konnte den Türgriff keinen Millimeter bewegen, er klemmte. Mühsam schaffte ich es, das Fenster einen Spaltbreit runterzudrehen. Schnell steckte Kevin mir das Bömbchen durch. Dann versteckte er sich mit Ylmaz und Pia hinter dem nächstgelegenen Gebüsch; dort waren sie mit ein paar anderen aus der Klasse verabredet, um die Wirkung des „Attentats“ zu beobachten. Von mir und meiner Rolle wusste außer meinen drei Freunden niemand.

Jetzt drängte die Zeit. Ich platzierte die Rauchbombe neben der Fahrertür, band die Schnur an den Abzug und zog den Sicherungsstift heraus. Nun musste ich nur noch das andere Ende der Schnur am Innengriff der Tür festmachen. Da hörte ich ein Schlüsselbund klimpern. Moosdorf! Schon steckte er den Schlüssel ins Schloss. Dreimal verflixter Rattenmist – was nun? Ich musste mich verstecken. Sofort. Aber wo?

5. Kapitel – in dem mein Heldenmut etwas erschüttert wird

Das Handschuhfach lag in unerreichbarer Ferne und auch den Aschenbecher konnte ich mir abschminken. Meine einzige Chance war der Platz unter dem Sitz.

Während Moosdorf die Tür öffnete, griff ich mir die Rauchbombe. Ich presste das Ding an meine Brust und rollte mich rasch unter den Sitz.

Keine Sekunde zu früh. Denn dort, wo ich vor einem Augenblick noch gestanden hatte, setzte jetzt knirschend ein Riesenstiefel auf. Mindestens Schuhgröße 46. Wenn dieser Treter mich erwischt hätte!

Die Rauchbombe fest in den Pfoten, kroch ich stetig rückwärts. Fast hatte ich diese Sitzunterführung passiert, als direkt hinter mir Moosdorfs Tasche mit einem lauten Krachen in den Fußraum donnerte. Ich bekam fast einen Herzschlag. Wie hatte ich mich nur auf diese Sache einlassen können?

Das Schlimmste aber stand mir noch bevor.

Moosdorf ließ den Motor an. Das ganze Auto zitterte und ruckelte. Die Kiste sah nicht nur alt aus. Sie WAR alt. Aber ob ich darin alt werden würde, stand noch in den Sternen.

Moosdorf setzte rückwärts aus der Parklücke und

trat heftig auf die Bremse. Ich rutschte nach hinten und brach mir beinahe die Beine an seiner tonnenschweren Tasche. Die Rauchbombe drückte mir in den Magen. Aber ich durfte jetzt auf keinen Fall loslassen. Meine Pfoten waren der Ersatz für den gezogenen Sicherungsstift.

Moosdorf legte den ersten Gang ein, ließ den Motor aufjaulen und gab Gas. Sein Fahrstil war mindestens ebenso verrückt wie sein Automobil. In jeder Kurve donnerte ich mit Kopf, Schnauze oder Hinterteil an eine der Stahlstreben. Zur Ablenkung begann ich blaue Flecken zu zählen. Doch nur wenig später trat Moosdorf wegen einer roten Ampel voll in die Eisen. Ich schoss mitsamt der Bombe wie eine Rakete nach vorn unter das Gaspedal.

Aber die Bombe ließ ich nicht los. Ich durfte noch nicht aufgeben.

Stattdessen bot ich alle Kräfte auf, mich aus dieser Lage zu befreien. Fast hätte ich es geschafft, als Moosdorf wieder auf das Gaspedal trat. Ich bekam erst keine Luft mehr und dann wurde mir schwarz vor Augen.

Plötzlich ließ der Druck nach und die Luft strömte wieder in meine ausgepressten Lungen. Die zweite rote Ampel rettete mir das Leben. Nichts wie weg aus der Gefahrenzone! Da traf mich unversehens ein

Stiefeltritt. Die Rauchbombe rutschte mir aus den Pfoten und rollte unter den Sitz. Ich erstarrte vor Schreck.

Langsam, unendlich langsam vergingen die Sekunden. Nichts geschah. Alles schien stillzustehen. Ich horchte auf – nichts! Ich schaute auf – ebenfalls nichts! Offenbar war die Rauchbombe ein Blindgänger, feucht geworden oder fehlkonstruiert oder …

WUMMMMMMMM!

… ein Spätzünder. Rauch stieg auf. Ekelhaft gelber, fürchterlich beißender Rauch. Binnen Sekunden war der gesamte Innenraum des Autos mit dichtem gelben Qualm gefüllt.

Ich hustete wie verrückt. Da war ja die Explosion heute Morgen bei Onkel Archibald das reinste Zuckerschlecken gewesen.

Auch Moosdorf hustete sich die Lunge aus dem Leib. Was aber noch schlimmer war: Er sah nichts mehr. Er schrie und fluchte und drehte wie wild am Lenkrad. Das Auto kam gewaltig ins Schlingern, und Moosdorf verlor nun völlig die Kontrolle über das Fahrzeug. In letzter Not machte er eine Vollbremsung. Der Wagen geriet ins Schleudern.

Ich schloss die Augen. Schade, dachte ich, echt schade. Wo ich doch eigentlich noch viel zu jung war zum Sterben …

Plötzlich gab es einen gewaltigen Schlag. Ein ekelhaftes Knirschen folgte. Ich wurde nach vorn geschleudert, prallte mit dem Kopf gegen irgendetwas Hartes und verlor das Bewusstsein.
Als ich wieder zu mir kam, war der Qualm fast weg. Durch die offene Fahrertür strömte frische Luft. Vorsichtig versuchte ich mich zu bewegen. Bis auf ein paar Beulen und Kratzer schien ich wie durch ein Wunder heil geblieben zu sein.
Moosdorf war offenbar auch nichts passiert. Er war schon ausgestiegen und stand fassungslos vor einem aufgemotzten Sportwagen. Allerdings hatte das schicke Wägelchen am linken Kotflügel eine hässliche Delle. Und die drei Typen, die jetzt ausstiegen, sahen nicht gerade freundlich aus.

SDORF

6. Kapitel – in dem ich Lehrer Moosdorf ohne sein Wissen zum Zivilpolizisten befördere

Mit diesen Typen war etwas oberfaul. Das erkannte mein geschultes Detektivauge auf den ersten Blick. Sonnenbrillen bei bedecktem Himmel? Baseballschläger und Lederjacken? Und obendrein noch die Pistole griffbereit?
Bei mir läuteten sämtliche Alarmglocken. Diese drei führten nichts Gutes im Schilde. Außerdem kam mir der kleine Dicke irgendwie bekannt vor. Aber woher nur?
Da wurde Lehrer Moosdorf auch schon ordentlich angepöbelt.
„Heh, Lutscher! Wohl vor lauter Zigarrenrauch keine Sicht mehr gehabt, was?!“
Herr Moosdorf war entrüstet: „Erlauben Sie mal, junger Mann. Ich rauche nicht. Rauchen ist ungesund.“
„Und wie!“ Der Dicke lachte. Es klang wie bei einer Ziege mit Halsschmerzen. „Ho, ho. Das haben wir gemerkt. Aber gleich werden wir dir zeigen, was noch viel ungesünder ist als rauchen.“
Der Dicke drehte sich zu seinen beiden Mitfahrern um und schnalzte mit den Fingern. Die beiden

kamen mit bedrohlichen Mienen auf Lehrer Moosdorf zu.
Der wich zurück und stammelte: „Also hören Sie mal. So groß ist der Schaden an Ihrem Wagen doch gar nicht. Man kann sich doch sicher verständigen."
Der Dicke lachte gemein: „Ho, ho, ho. Wir verständigen uns ja."
Ich überlegte fieberhaft, wie ich Moosdorf helfen könnte. Aber gegen drei ausgewachsene Männer hatte ich nicht die Spur einer Chance. Ich hoffte nur, Kevin und die anderen waren schlau genug, um uns auf ihren Fahrrädern zu folgen. Sie mussten ja mitgekriegt haben, dass ihr Streich nicht wie geplant funktioniert hatte.
Die beiden Kleiderschränke machten sich inzwischen über Lehrer Moosdorf her. Kleiderschrank Nr. 1 nahm ihn von hinten so in den Griff, dass er sich nicht mehr rühren konnte. Kleiderschrank Nr. 2 nahm ihm behutsam die Brille von der Nase.
Der kleine Dicke kicherte: „Wir wollen ja nicht, dass die schöne Brille nachher so aussieht wie mein Auto." Dann bekam er einen giftigen Blick und sagte barsch: „Fangt an!"
Kleiderschrank Nr. 2 ballte seine Hand zur Faust und holte aus.
„Halt!"

Das war mir einfach so entfahren. Ohne nachzudenken. Aber solche Gemeinheiten konnte ich einfach nicht mit ansehen. Ich erschrak über mich selbst. Einen Moment hoffte ich sogar, keiner hätte mich gehört.
Doch Kleiderschrank Nr. 2 ließ die Faust sinken und schaute sich aufmerksam um.
Der Dicke rief: „Wer ist da?"
Jetzt war guter Rat teuer. Da hatte ich mir im Bruchteil einer Sekunde wieder so eine Suppe eingebrockt. Jetzt konnte ich nicht mehr abtauchen. Ich brauchte eine Idee. Eine gute Idee. Und vor allem eine schnelle Idee …
Ja, so konnte es gehen. Ich kletterte in Höchstgeschwindigkeit zum Radio und drehte es an. Mit dem Regler fuhr ich zwischen den Stationen hin und her, dass nur ein lautes Rauschen und Knacken nach außen drang.
Die drei Typen erstarrten und lauschten angestrengt. Dann sprach ich, möglichst unverständlich, mit Pausen und immer wieder Rauschen zwischendurch.
„Halt … krrrr … krrr … hören Sie mich … krrr … hier Zentrale … krrr … alle Einsatzfahrzeuge … krrr … nicht mehr … krrr … wiederhole … nicht mehr weiterfahren … Zivilstreife 17 hat Kontakt zu den Gesuchten … krrr … weiträumig einkreisen …

krrr … krrr … in fünf Minuten haben wir sie … krrr …"
Kleiderschrank Nr. 1 wurde nervös. „Mann, Eddie, das ist ein Zivilbulle. Die sind hinter uns her."
Der Dicke winkte ab: „Unsinn. Die können von uns gar nichts wissen." Er stutzte. Dann setzte er sich in Richtung von Moosdorfs Auto in Bewegung. „Da stimmt doch etwas nicht."
Mir blieb nichts anderes übrig, als die Show weiterzuspielen. „Krrr … krrr … An alle Einsatz … krrr … zeuge … krrr … gleich ist es soweit … Zugriff auf … krrr … Kommando … krrr … müssen … krrr … Eddie …"
Der Dicke war fast am Auto angekommen. Mit einem Hechtsprung landete ich unter dem Fahrersitz. Gerade noch rechtzeitig. Denn jetzt beugte sich dieser Eddie zur Tür herein. Er drehte an den Knöpfen des Radios. Dann rief er laut: „Komisch, das Ding hier sieht aus wie ein ganz normales Radio."
Er drückte sämtliche Knöpfe. Mit einem Fuß stand er dabei im Auto, den anderen hatte er noch draußen auf der Wiese. Ich sah seinen Schuh mit den langen Schnürsenkeln. Ich sah die Rauchbombe. Jetzt oder nie.
Das eine Ende der Schnur hatte sich an der Sitzbefestigung verfangen. Ich nahm das andere Ende. Mit

einem festen Knoten band ich die Schnur und den Schnürsenkel zusammen.

Der Dicke hatte nichts gemerkt. Wütend probierte er weiter am Radio herum. Schließlich gab er es auf. Er drehte sich um und wollte wieder zu seinen Begleitern. Aber er hing fest. Krachend knallte er halb neben dem Auto auf den Boden. Sein Schrei klang eher nach Schreck als nach Schmerz.

„Verdammt noch mal! So helft mir doch! Ich hänge fest. Los, kommt her und helft mir."

Die Kleiderschränke ließen Moosdorf los und stürzten zu ihrem Chef. Sie versuchten ihn aus dem Fahrzeug zu ziehen. Dabei stellten sie sich mehr als dämlich an. Ein heilloses Durcheinander entstand.

Blitzschnell und unbemerkt hüpfte ich aus dem Wagen. Die Rettung nahte. Kevin, Pia, Ylmaz und einige andere aus der Klasse 4c kamen auf ihren Fahrrädern angeradelt.

Als die drei Kumpane sich endlich aufgerappelt hatten, sahen sie sich einem Dutzend Kindern gegenüber. Die wussten zwar nicht genau, was hier vor sich ging, aber dass es nichts Gutes war, begriffen sie. Schweigend bauten sie sich zwischen den beiden Wagen auf.

Die Kleiderschränke hatten es inzwischen geschafft, ihren Chef zu befreien.

Eddie stand fluchend auf, im Gesicht ganz rot vor Wut.
„Ich weiß zwar nicht, was das ganze Affentheater hier soll. Aber mir reicht's!“, schnaubte er. Er winkte seinen beiden Kleiderschränken. „Kommt, wir hauen ab. Und zwar schnell.“
Mit grimmigen Mienen gingen die drei durch die schweigende Kindergruppe zu ihrem verbeulten Sportwagen. Umständlich kletterten sie hinein und preschten dann mit quietschenden Reifen davon.
Lehrer Moosdorf schüttelte sich. „Brrr. Das waren die grauenhaftesten Minuten meines ganzen Lebens. Kinder, ihr wart meine Rettung. Auch wenn ich überhaupt nicht verstehe, was da passiert ist.“
So schnell ich konnte, war ich an Pia hochgeklettert. „Ich schon“, rief ich ihr ins Ohr.
Denn meinen scharfen Adleraugen war eine bedeutsame Kleinigkeit nicht entgangen.

SÜDKURI
BERÜCHTIGT
GANGSTER
WIEDER
AUF FREI
EH FUSS

7. Kapitel –
in dem alles herauskommt und wir hineinkommen

„Die Zeitung!“, sagte ich etwas leiser.

Nach einer kurzen Schrecksekunde verstand Pia sofort. „Oh, Herr Moosdorf, nehmen Sie doch mal die Zeitung aus Ihrer Jacke“, sagte sie aufgeregt.

Moosdorf runzelte die Stirn, folgte jedoch ihrer Aufforderung. Er breitete die Zeitung auf der Motorhaube seines Autos aus. Ich spähte unauffällig von Pias Schulter hinunter. Die anderen drängelten sich hinter ihren Lehrer. Moosdorf schaute Pia mit erwartungsvollem Blick an. „Nun?“

„Das Bild auf der Titelseite!“

Kevin hatte es auch entdeckt. Er zeigte mit dem Finger auf den kleinen Dicken.

„Kommt Ihnen der nicht bekannt vor?“

Moosdorf klatschte sich an die Stirn. „Klar! Moment, Kinder, ich lese vor.“ Er rückte seine Brille zurecht und begann:

„Berüchtigter Gangster wieder auf freiem Fuß. Plant er neues Verbrechen?

Der stadtbekannte Kriminelle Edgar Bröskamp, besser bekannt als der schöne Eddie, ist seit gestern wieder auf freiem Fuß. Die Polizei hatte ihn erst vor wenigen Tagen als Hauptverdächtigen in zwei Fällen von schwerem Raub verhaftet.

Die Staatsanwaltschaft erklärte nun, dass Herr Bröskamp ein Alibi für den Tatzeitraum habe. Zwei Freunde bezeugten, sie hätten den ganzen Tag mit Eddie Karten gespielt. Zwar klingt das Alibi unglaubwürdig, aber die Staatsanwaltschaft hat keine gegenteiligen Beweise. Die Bevölkerung stellt sich bereits die bange Frage: Wie sieht Eddies nächster Coup aus? Die Antwort kennt wohl nur er selbst."

Moosdorf nickte bedächtig. „Und uns hat er gratis eine Kostprobe gegeben." Er war noch immer ziemlich blass um die Nase.
„Wenn sich nicht plötzlich das Radio mit dem Polizeisender eingeschaltet hätte ... Wie durch Hexerei ..."
Nee, nicht durch Hexerei, durch mich. Ich grinste in mich hinein.
„Aber woher kam bloß der ganze Rauch in meinem Auto? Und wieso wart ihr auf einmal alle da? Kann mir das einer mal erklären?"
Peinliches Schweigen. Moosdorf schaute Ylmaz an. Ylmaz schaute Kevin an. Kevin schaute in die Luft. Pia entschloss sich, mit der ganzen Wahrheit herauszurücken. Das heißt, fast mit der ganzen Wahrheit. Von mir sagte sie nichts.
Moosdorf hörte sich alles wortlos an. Schließlich zog er die Augenbrauen hoch. „Ich kann nun wirklich nicht sagen, dass mir die ganze Geschichte gefällt.

Andererseits: Wenn ich da so an meine Zeit als Schüler denke …"
„Sie sind uns doch nicht böse, Herr Moosdorf?" Pia setzte ihren treuherzigsten Hundeblick ein. „Wir haben ja nicht gewollt, dass es so endet."
Moosdorf kratzte sich am Kinn. „Die ganze Sache kann von mir aus unter uns bleiben. Unter der Bedingung, dass ihr euch solche Streiche in Zukunft verkneift." Er grinste. „Zumindest, was mich betrifft."
Dann fiel ihm noch etwas ein: „Wie habt ihr das mit dem Radio eigentlich hingekriegt?"
Pia, Kevin und Ylmaz sahen sich an und zuckten mit den Schultern. „Zufall."
„Na gut, lassen wir's dabei. Jetzt helft mir aber mal, meine Luxuslimousine wieder flottzumachen."
Und mit vereinten Kräften und unter saftigen Flüchen schoben die Kinder die Schrottschüssel mit Moosdorf drin wieder auf die Straße. Hupend fuhr er von dannen. Für einen Lehrer war er wirklich ein Prachtkerl. Nach allem was passiert war, machte er sich vom Acker, als wäre eine gewöhnliche Sportstunde beendet.
Nach und nach verzogen sich nun auch die anderen Kinder. Nur Kevin, Ylmaz, Pia und ich blieben zurück.

Eigentlich hätten wir vier jetzt auch erleichtert nach Hause fahren können. Aber da stellte Kevin auf einmal die Frage, die uns tief ins Verhängnis führen sollte:
„Was hatten die drei eigentlich im stillgelegten Steinbruch zu suchen?"
Wir schauten uns an. Tatsächlich, auf der gegenüberliegenden Seite lag die Einfahrt zum alten Steinbruch. Als wir hingingen, entdeckten wir, dass das mächtige Eisentor nur eingehakt war. Die starke Kette, die das Tor sonst verschloss, war mit einem Bolzenschneider durchgeschnitten worden. Die Reifenspuren des Sportwagens führten geradewegs aus dem Steinbruch.
Unsere detektivische Neugier war geweckt. Nach Hause wollte keiner mehr.
Wir schlüpften durch das Tor, um das Gelände näher zu erkunden. Nach wenigen Metern kamen wir um einen Felsvorsprung. Vor uns lag der Steinbruch in seiner ganzen Größe.
Was hatte der schöne Eddie hier gewollt? Mein geübter Röntgenblick schweifte über das Gelände. Gab es einen Hinweis? Eine verräterische Spur?

8. Kapitel –
in dem ich selber suche, während andere mich finden

Spurensuche gehört zu den Grundlagen jedes erfolgreichen Detektivs. Und ich bin ein erfolgreicher Detektiv. Also habe ich gleich erkannt, dass der schöne Eddie in der Hütte unten am Baggersee zu tun hatte.
Pia setzte mich in ihren Fahrradkorb. Mit wehenden Haaren und aufgestelltem Fell radelten wir hinunter zur Hütte. Natürlich war sie verschlossen. Die Fenster waren mit Brettern vernagelt, und es gab keine Ritze, keinen Spalt, durch den wir hätten hineinspähen können.
Also schauten wir uns weiter um.
Der alte Steinbruch war völlig verlassen – alle Fußspuren führten von hier weg. Und es gab eine Menge Fußspuren!
Der hölzerne Steg des Baggersees war so baufällig, dass er nur noch von einer Maus betreten werden konnte. Das angebundene Boot war ein Wrack. Einzig das große verwitterte Fass, das oberhalb des Stegs an der Böschung lag, wirkte einigermaßen stabil. Vermutlich hatte es einmal für Kabel oder Stahlseile gedient. Jetzt hinderte es nur noch ein Holzkeil

daran, die Böschung hinunter und über den Steg in den See zu rollen.
Noch wussten wir entschieden zu wenig. Kevin war dafür, in Zweiergruppen das Gelände zu durchkämmen. Ich hätte lieber versucht, doch noch einen Blick in die Hütte zu werfen. Vielleicht fand ich irgendwo ein Schlupfloch? Aber das konnte ich später auch noch suchen.
Also zogen wir los. Pia und ich nahmen uns das Unterholz hinter der Hütte vor. Es war nicht gerade aufregend, alte Bierdosen, Zigarettenkippen und zerrissene Handschuhe zu zählen.
Plötzlich hörten wir ein Geräusch. Es klang wie ein leises Wimmern. Ein schweres Atmen, so als ob jemand geknebelt wäre und keine Luft mehr zum Atmen bekäme. Wir lauschten weiter. Das Geräusch kam aus dem Gebüsch schräg vor uns. Vorsichtig schlichen wir näher. Wieder das schwere Atmen, dann ein Rascheln. Pia und ich blickten uns an. Lautlos zählten wir bis drei und stürzten los.
Ich war auf alles gefasst. Auf ein Entführungsopfer ebenso wie auf ein ausgesetztes Baby. Aber mit dem Anblick, der sich uns jetzt bot, hatten wir wirklich nicht gerechnet. Es war zum Piepen komisch. Auch Pia konnte sich vor Lachen kaum halten.
Vor uns saßen Pias großer Bruder Fred und seine

Freundin Lisa. Sie waren total erschrocken und hatten ziemlich zerzauste Haare. Wir hatten die beiden beim Knutschen erwischt!
Als sie Pia erkannten, wurde Lisa rot und Fred war ziemlich sauer. „Spionierst du mir etwa nach?“, fragte er wütend. „Das wird den Eltern aber bestimmt nicht gefallen, dass du dich hier im alten Steinbruch rumtreibst! Was hast du hier überhaupt zu suchen?“
Ich schlüpfte zur Sicherheit in Pias Jackentasche.
Aber Pia ließ sich von Fred nicht einschüchtern: „Dasselbe könnte ich dich fragen! Das würde den Eltern bestimmt auch nicht gefallen.“
Das war eindeutig Punktegleichstand, und Pia und Fred einigten sich darauf, beide zu Hause kein Sterbenswörtchen von dieser Begegnung zu verraten. Mürrisch zogen Fred und Lisa ab.
Das war nur gut so, denn kaum waren sie verschwunden, da ertönte ein Ruf unten vom See: „Hallo! Ihr müsst alle herkommen. Wir haben was gefindet!“
Das war unverkennbar Ylmaz’ Stimme. Pia und ich sausten zum Ufer.
Ylmaz und Kevin hatten im Schilf ein Schlauchboot gefunden. Es war noch nass. Da es seit längerem nicht geregnet hatte, war es also offensichtlich erst

vor kurzer Zeit benutzt worden. Am Boden lagen einige nasse, grasähnliche Pflanzenstücke. Ich konnte sie zwar nicht zuordnen, nahm jedoch eine winzige Probe davon mit. Vielleicht konnte ja mein Freund und Patenonkel Dr. Archibald Morenius etwas damit anfangen.
Plötzlich kam ein heftiger Wind auf und verwandelte den Steinbruchsee in ein stürmisches Meer. Am Himmel ballten sich dicke Regenwolken zusammen. Das sah eindeutig nach Gewitter aus. Also lieber so schnell wie möglich nach Hause!
Wir brachen unsere Suche ab und verließen den alten Steinbruch. Das Tor hakten wir wieder so ein, wie wir es vorgefunden hatten.
Leider hatten uns unsere Nachforschungen bis jetzt nicht weitergebracht. Schade, dass wir die Hütte nicht inspizieren konnten.

Ich ließ mich von Pia vor der Schule absetzen, bevor sie nach Hause radelte. Ich war von den vergangenen Stunden noch ordentlich aufgekratzt. So lief ich gleich hoch zu Onkel Archibald.
Diesmal betrat ich seine Burg mit gehöriger Vorsicht. Zu frisch war mir die Erinnerung an die explosive Begrüßung beim letzten Mal. Und von Explosionen hatte ich für heute wirklich genug. Doch jetzt war

alles still. Vorsichtig schlich ich über den Burghof. Am Haupthaus drückte ich langsam die Tür zu Onkel Archibalds Labor auf. Nur ein Licht brannte auf seinem großen Experimentiertisch. Dr. Morenius beugte sich konzentriert über die Arbeitsplatte. Lautlos trat ich näher. Als ich den Gegenstand auf dem Labortisch erkannte, wich ich entsetzt zurück.
„Igitt. Wie furchtbar. Das ist ja … ja … eine …“
„… Mausefalle.“ Onkel Archibald wandte sich um zu mir. „Richtig, McMorrister, das ist eine echte, ganz gewöhnliche Mausefalle.“
„Aber was um Himmels willen hast du damit vor, Onkel Archibald?“
„Ich weiß es noch nicht. Aber es liegen hier auf dem Dachboden so viele davon herum. Ich muss einen sinnvollen Einsatz für diese Geräte finden. Gewiss lassen sie sich umbauen.“
„Wozu?“
„Nun, zum Beispiel zu Nussknackern oder zu Mohrenkopfschleudern oder zu Käseschneidern.“ Onkel Archibald grübelte. „Ja, ich glaube, ich werde Käseschneider daraus machen. Das hätte doch Stil, oder?“
Ich musste ihm zustimmen. Aber dann kam ich auf den Grund meines Besuches und holte meinen Fund aus dem Schlauchboot hervor.

Dr. Morenius betrachtete das Pflanzenstück mit gerunzelter Nase und legte es dann beiseite.
„Morgen früh kann ich dir sagen, zu welcher Pflanze es gehört. Also, wir sehen uns dann in einigen Stunden."
Onkel Archibald beugte sich wieder über seinen Mausefallen-Käseschneider. Ich war entlassen.
Das war mir gar nicht unlieb. Auf einmal fühlte ich mich nämlich schrecklich müde. Und Hunger hatte ich auch. Es war ein langer und anstrengender Tag gewesen. Ich freute mich auf ein Stückchen Schweizer Käse und mein Bett.
Auf direktem Weg begab ich mich in den Keller. Dort unten, in dem kleinen Gang zwischen dem Heizungskeller und der ehemaligen Hausmeisterwerkstatt liegt der Eingang zu meiner bescheidenen Mäusewohnung.
Wenn ich nicht schon halb geschlafen hätte, wäre mir sicher etwas aufgefallen – und einiges erspart geblieben.

MC
MORRISTER
MEISTER-
DETEKTIV
POST

9. Kapitel – in dem mein gemeiner Vetter Harry mich rasend macht

Nanu, hatte ich etwa vergessen, die Tür abzuschließen? Gähnend trat ich ein – und wurde sofort hellwach.
„Harry!!!“
Auf meiner Couch lümmelte sich niemand anderes als mein ekelhafter Vetter. Er hatte seine dreckigen Hinterpfoten auf meinen Tisch gelegt. Genüsslich knabberte er meinen letzten Kartoffelchip auf und grinste unverschämt.
Am liebsten hätte ich mich auf ihn gestürzt und hochkant aus meiner Wohnung geworfen. Doch ich hatte Mama versprechen müssen, mit Harry Frieden zu halten. Und außerdem hatte ich ja mit Tonne etwas ausgemacht. So versuchte ich mich zu beherrschen, obwohl ich innerlich vor Wut fast kochte.
„Harry, ich kann mich nicht erinnern, dich eingeladen zu haben.“
Mit einem fiesen Lachen schluckte Harry den Rest des Kartoffelchips hinunter. „Natürlich nicht. Ich habe mich selbst eingeladen.“
„Und warum, wenn ich fragen darf?“
„Nun, deine hochverehrte Frau Mama bat mich,

dafür zu sorgen, dass wir in Zukunft keinen Streit mehr miteinander haben werden."
„Und wie stellst du dir das vor? Willst du tatsächlich aufhören, mich und andere zu ärgern?"
„Nun, was dich betrifft, schon. Ich bin mir sicher, wir beide werden nie mehr einen Streit miteinander haben", sagte Harry.
Das hörte sich ja nicht schlecht an. Aber warum grinste Harry so gemein dabei?
Misstrauisch murmelte ich bloß: „Ach ja?"
Harry äffte mich nach: „Ach ja! Denn wie ich gehört habe, willst du unsere Mäusekolonie heute Nacht noch verlassen. Für immer!" Er schnippte mit der Pfote und schrie: „Jetzt!"
Eine Falle! Blitzschnell wollte ich mich wegducken. Doch es war zu spät. Ein harter Gegenstand traf meinen Hinterkopf und mir wurde schwarz vor Augen.
Stunden später erwachte ich wieder. Oder waren nur Minuten vergangen? Ich wusste es nicht. Ich konnte mich nicht bewegen. Mein Schädel dröhnte. Dicke Wassertropfen trafen mein Gesicht. Wo war ich?
Da hörte ich eine wohl bekannte Stimme: „Komm schon, McMorrister, aufwachen. Der Spaß fängt erst an."
Harry. Also war doch alles wahr.

„Macht ihn wach, ich will mit ihm reden“, knurrte mein fieser Vetter, und einer seiner Kumpane schüttete mir einen ganzen Fingerhut voll Wasser ins Gesicht. Ich prustete, schüttelte mich und hustete. Mühsam schlug ich die Augen auf. Über mir war der Himmel. Dicke Regenwolken zogen vorbei. Ich lag auf dem Rücken. Festgebunden auf einem Brett, offenbar der Deckel von einer Obstkiste. Was hatte Harry mit mir vor?

Ich sollte es schneller erfahren, als mir lieb war. Harrys Gesicht kam ganz nah an das meine.

„Schade, McMorrister, dass es dir bei uns nicht mehr gefällt und du deshalb beschlossen hast, eine Reise in fremde Länder zu unternehmen.“

Merkwürdig, davon wusste ich gar nichts.

Harry fuhr fort: „Ich werde deiner Mama einen Abschiedskuss von dir geben. Kann sein, dass sie traurig sein wird. Ich jedenfalls vermisse dich nicht. Ich wünsche dir eine aufregende Reise, mein Kleiner.“

Harry schnalzte mit der Pfote. Schnell waren seine Helfer zur Stelle. Mit Hauruck-Geschrei schoben sie mich mitsamt der ollen Obstkiste über einen Abhang. Kurz wippte die Kiste auf der Kante. Dann ging es zwei Meter in rasender Fahrt hinunter. Direkt ins Wasser. Eine Welle schwappte über mir

zusammen. Doch zum Glück bekam ich gleich wieder Luft. Die Kiste schwamm auf der Oberfläche.
Ich schaute nach oben und sah Harry mit seinen Kumpanen oben an der Böschung stehen. Jetzt erkannte ich, wo ich war. Sie hatten mich in den alten Entwässerungsgraben hinter dem Schulgelände geschoben. Hier wurde das Wasser in die Kanalisation abgeleitet.
O nein! Nur noch wenige Sekunden, dann würde mich die Strömung in die Kanalisation spülen. Dort unten wäre ich rettungslos verloren. Ich würde nie mehr herausfinden. Ganz zu schweigen von den widerlichen Ratten. Ich wagte gar nicht daran zu denken.
Stattdessen zerrte ich an meinen Fesseln. In der Ferne hörte ich ein letztes Mal Harrys fieses Lachen. Dann wurde es dunkel um mich herum, genauer gesagt: stockfinster. Das war der Einlauf in die Kanalisation. Und es war schrecklich laut. Das Rauschen des Wassers wurde von den Wänden zurückgeworfen und steigerte sich so zu einem ohrenbetäubenden Donnergrollen.
Harry, du Mistkerl, wenn ich das hier überlebe, dann werf ich dich Tonnes Verwandten zum Fraß vor!, dachte ich.
Ich zerrte heftiger an meinen Fesseln. Die dünnen

Planken der Obstkiste federten. Doch sie hielten. Langsam gewöhnten sich meine Augen an die Dunkelheit, und ich konnte meine Umgebung wahrnehmen. Immer wieder sah ich Schatten vorbeihuschen. Ich gab nicht auf. Die linke Pfote fest an den Körper gepresst, rollte ich hin und her. Schon nach wenigen Bewegungen begann das Holz zu knacken. Ich keuchte und schwitzte vor Anstrengung. Immer wieder musste ich eine Pause einlegen. Zuletzt zerrte ich mit aller Kraft der Verzweiflung. Da, plötzlich ein Krachen. Ich hatte ein Plankenstück losgerissen. Dadurch kam meine linke Pfote frei. Ich versuchte, an mein Taschenmesser zu kommen. Es steckte in meiner geheimen linken Brusttasche. Endlich hatte ich es erwischt und aufgeklappt. In wenigen Sekunden hatte ich sämtliche Schüre durchtrennt. Ich war frei. So frei, wie man auf einer vermoderten Obstkiste in der Kanalisation tief unter der Stadt nur sein kann.

Aber immerhin, ich war nicht mehr ganz hilflos. Mit dem abgerissenen Plankenstück setzte ich mich an das hintere Ende der Kiste. Ich steckte die Holzlatte als Steuerruder ins Wasser, um die Fahrtrichtung zu beeinflussen. Leider war die Strömung in den letzten Minuten immer stärker geworden. Die Kiste schaukelte stark und schoss bereits in rasanter Fahrt durch den Kanal. Vor mir wurde das Tosen lauter. Trieb ich vielleicht auf eine Staustufe zu? Das wäre mein Ende. Denn zu den wenigen Dingen, die ich nicht kann, gehört – schwimmen.

Da entdeckte ich weiter vorne eine Gabelung. Drei Kanäle führten weiter. Es blieben nur noch wenige Sekunden, um die Kiste zu lenken. Welche Richtung sollte ich wählen? Entschied ich mich für den rechten, den linken oder den mittleren Kanal?

10m

10. Kapitel – in dem ich bezweifle, dass aller guten Dinge drei sind

Im mittleren Gang bewegten sich unheimliche Schatten. Ratten! In deren Fänge wollte ich mich nicht freiwillig begeben. Im linken Gang drohte ein tosender Wasserfall. Also blieb nur die rechte Route. War dort nicht sogar ein sanfter Lichtschein zu erkennen? Ich ruderte mit ganzer Kraft auf den rechten Gang zu. Doch die Obstkiste war zu schwerfällig. Die Hauptströmung zog mich unbarmherzig nach links, dem Untergang entgegen. Ich kämpfte und gab mein Letztes. Würde es mir gelingen?

Katzendreck! Die Strömung drückte mich gegen den Pfeiler zwischen dem mittleren und dem rechten Kanal. Die Obstkiste knirschte. Nur wenige Zentimeter entfernt fauchte eine gefährlich aussehende Ratte. Sie leckte sich die Schnauze. Ich versuchte mich mit meinem Ruder von dem Pfosten abzustoßen. Die Ratte hatte mich wohl als Abendessen eingeplant. Schon setzte sie zum Sprung an. Noch immer hing ich mit der Kiste am Pfeiler. Meine Kraft reichte einfach nicht aus, um mich gegen die Strömung nach rechts zu wenden.

Die Ratte sprang. Ich schloss die Augen.

Ade, du schöne Welt!
Dann hörte ich ein Klatschen. Schnell riss ich die Augen wieder auf. Die Ratte hatte sich in der Entfernung verschätzt. Sie war knapp neben der Kiste ins Wasser gestürzt.
Das war meine Rettung. Denn dadurch hatte meine Kiste ordentlich Schwung bekommen. Zwei, drei kräftige Stöße mit dem Ruder und ich wurde von der Strömung in den rechten Gang mitgerissen. Erschöpft ließ ich mich niedersinken.
Doch schon nach wenigen Metern endete meine Fahrt vor einem großen Gitter. In einiger Entfernung sah ich einen schwachen Lichtschein. Vermutlich führte der Kanal dort in den Fluss. Doch dieser war unerreichbar für mich. Das enge Gitter blockierte mein Kistenboot, und schwimmen konnte ich ja nicht. Was nun?
Plötzlich entdeckte ich links von mir einen Absatz. Dahinter erkannte ich einen trockenen Gang, der leicht aufwärts führte. Ratten waren nirgends zu sehen. Also, McMorrister, Mut zum Risiko. Springen konnte ich schließlich gut. Ich hüpfte auf den Absatz und lief den Gang hinauf.
Nach und nach wurde er immer steiler. Nach einer halben Ewigkeit sah ich vor mir wieder einen schwachen Lichtschein. Sollte dort die Rettung warten?

Es wurde mit jedem Schritt heller. Schließlich stand ich an einer Art Kreuzung. Eine Leiter führte senkrecht in einem Schacht nach oben. Von dort kam das Licht. Nur wenige Meter über mir war ein Kanaldeckel. Mühsam kämpfte ich mich die Leiter hoch. Dann trennten mich nur noch wenige Zentimeter von der Freiheit. Aber diese waren unüberwindlich. Über mir lag ein zentnerschwerer Kanaldeckel, dessen Öffnungen so klein waren, dass selbst ich mich nicht hindurchquetschen konnte.
Ich setzte mich auf einen Sims, der direkt unter dem Kanaldeckel rund um den Schacht verlief, und grübelte. Sollte dies jetzt wirklich das Ende sein? Sollte ich hier jämmerlich verhungern? Meine Kräfte reichten nicht mehr, um noch stundenlang nach einem anderen Ausweg zu suchen.
Vielleicht sollte ich hier warten, bis jemand kam. Dies war eine Art Kontrolleinstieg. Davon gab es nicht viele. Der hier wurde benutzt. Das zeigten frische Kratzspuren an der Leiter. Doch wann würde hier wieder jemand hinabsteigen? Morgen? Übermorgen? In einem Monat?
Ich war so erschöpft, dass mir die Augen zufielen.
Wie lange hatte ich so geschlafen? Plötzlich schreckte ich auf: Direkt über mir waren Stimmen. Menschenstimmen.

Ich lauschte.
„Mmh. Du bist dir wirklich sicher, dass dies der richtige Schacht ist?“
„Todsicher!“
„Und wenn die Karte veraltet ist und nichts mehr taugt?“
Diese Stimmen kamen mir irgendwie bekannt vor.
„Die Karte ist prima. Ich habe sie von meinem Schwager bekommen. Er ist Arbeiter bei den Stadtwerken. Das ist die neuste Karte. Glaube mir, da kann nichts schief gehen.“
Der Deckel wurde angehoben. Ich drückte mich an das hinterste Ende des Simses. Vor mir erschien erst ein Stiefel, dann eine Hose, eine Jacke und schließlich ein Gesicht.
Mir blieb fast das Herz stehen. Es war der schöne Eddie persönlich! Zum Glück bemerkte er mich nicht, denn er schaute angestrengt nach unten. Ihm folgten seine beiden unvermeidlichen Begleiter, Kleiderschrank Nr. 1 und Nr. 2. Den Kanaldeckel schlossen sie nicht ganz, wohl um schnell wieder hinauszukommen.
Ich riskierte einen vorsichtigen Blick durch den Schlitz. Ich sah eine Gasse, im Hintergrund standen Busse und hell erleuchtete Wartehäuschen. Ich war wohl in der Nähe des Busbahnhofes gelandet.

Sicher hätte ich nun locker entwischen können, aber ich zögerte. Der schöne Eddie stieg nicht ohne Grund hinab in die Kanalisation. Was hatte er nun wieder vor? Plante er sein nächstes Verbrechen? Konnte ich es mit meinem Gewissen vereinbaren, einfach zu türmen? Nein! Ich musste am Ball bleiben. Seufzend machte ich mich an den Abstieg, um die drei Männer in sicherer Entfernung zu verfolgen. Sie bewegten sich langsam. An jeder Abzweigung studierten sie ausführlich im Schein der Taschenlampe ihre Karte. Dann schienen sie am Ziel zu sein. „Hier ist es. Wir sind direkt drunter." Eine Leiter führte nach oben. Der Kanaldeckel am Ende war deutlich kleiner als der Einstieg. Die drei hatten etwas Mühe, sich hindurchzuzwängen. Ich wartete, bis ich kein Geräusch mehr hörte, dann stieg ich vorsichtig hinterher.
Oben gelangte ich in einen geschlossenen Raum. Sah aus wie eine Art Heizungskeller. Wo war ich bloß gelandet?

UMKLEIDE-KABINEN
TRIKOT-LAGER
SÜD-TRIBÜNE
NORD-TRIBÜNE
KASSEN-HÄUSCHEN

11. Kapitel – in dem ich aus allen Wolken falle und vom Blitz getroffen werde

Neugierig schaute ich mich um. Es war tatsächlich ein Versorgungsraum: Heizungs- und Wasserrohre vom Boden bis zur Decke. Er sah so ähnlich aus wie der Versorgungsraum in der Schule, nur viel größer. Also musste dieses Gebäude ebenfalls viel größer als die Schule sein. Das Rathaus vielleicht? Aber so groß war das nun auch wieder nicht.

Ich las die Beschriftungen auf den Schaltern.

Umkleidekabinen – war ich in einer Turnhalle?

Kassenhäuschen – oder im Zoo?

Nordtribüne, Trikotlager – klar! Es musste das Stadion sein. Eine andere Möglichkeit gab es nicht. Doch was wollte der schöne Eddie hier? Die Eintrittsgelder rauben? Heute hatte es ein Fußballspiel gegeben. Aber der TSV spielte bloß in der Kreisliga. Und obendrein auch noch schlecht. Da kamen kaum mehr als drei Dutzend Zuschauer. Mit Kleingeld gab sich Eddie doch nicht ab!

Vom Gang her hörte ich Schritte. Sie kamen rasch näher. Schnell versteckte ich mich hinter einem Heizungsrohr. Da ging auch schon die Tür auf, und Eddie und seine Kleiderschränke waren wieder da.

Lange hatte ihr Besuch nicht gedauert. Sie hatten auch keine Taschen oder Kisten dabei. Geklaut hatten sie also nichts.

Trotzdem war Eddie sichtlich guter Laune. Er klopfte Kleiderschrank Nr. 1 auf die Schulter (wozu er sich ganz schön strecken musste). „Gut gemacht, Junge. Der Plan stimmt wirklich."

Sein Kumpel grinste zurück: „Und die Sache steigt dann wie besprochen?"

„Klar! Wir verstecken uns hier im Heizungsraum. Sobald die Show losgeht, schlagen wir zu. Fünf Minuten später sind wir mit dem Geld über alle Berge."

Also doch! Sie planten einen Coup. Ich wusste, wo. Ich wusste auch in etwa, wie.

Offen blieb: wann? Das hieß: Bei welcher Veranstaltung würde es sich lohnen?

Eddie stieg als Erster in den Schacht. Die beiden anderen folgten. Nun hatte ich keine Chance mehr, zurück in die Kanalisation zu kommen. Schon wurde der Deckel von unten wieder über den Schacht gezogen.

Da stand ich nun. Bis nach Hause waren es über vier Kilometer. Zum Glück kannte ich wenigstens den Weg. Seufzend machte ich mich auf.

Zwei Stunden später war ich zu Hause. Völlig

erschöpft und mausemüde. Es war zwei Uhr nachts. Von Harry und seinen Kumpanen keine Spur. Sicherheitshalber schloss ich die Tür zweimal ab und klemmte einen Stuhl unter die Klinke. Dann ließ ich mich ins Bett fallen und war sofort weg.

Ich schlief tief und traumlos. Als ich erwachte, war es bereits kurz nach vier Uhr nachmittags.

Alles tat mir weh. Vor Muskelkater konnte ich mich kaum rühren. Meine Augen waren verquollen. Mein Rachen brannte, meine Nase lief. Hatschiiii. Auch das noch. Ich hatte mich in den feuchten Kanälen erkältet. Am besten blieb ich auch noch den Rest des Tages im Bett.

Aber daraus wurde nichts.

Denn schon klopfte es heftig an meine Tür.

„Hallo, ist jemand zu Hause? Mortimer, bist du da?"

O nein! Es gibt nur einen Menschen auf der Welt, der Mortimer zu mir sagt. Ich quälte mich aus dem Bett und wankte zur Tür. Mühsam zerrte ich den Stuhl weg und machte auf. „Morgen, Mama."

Meine Mutter schaute mich an, als käme ich von einem anderen Stern. „Mortimer, wie siehst du denn aus?"

„Mir geht's nicht gut!"

„Kein Grund, sich so gehen zu lassen." Meine

Mama spazierte an mir vorbei und blickte sich kritisch um. „Wie es hier wieder aussieht! Mortimer, du bist ein Schlamper."
Ich sagte nichts und verdrehte nur die Augen. Mama hatte mir jetzt gerade noch gefehlt. Sie aber schaute mich kummervoll an. „Mortimer, ich bin so froh, dich zu sehen. Harry hat heute Morgen behauptet, du wärst ausgewandert. Wie kommt er nur darauf?"
„Äääähhhh, keine Ahnung."
„Mortimer, wenn du Probleme hast, dann sagst du es mir doch?", fragte sie misstrauisch.
„Natürlich, Mama. Keine Sorge. Es war nur ein bisschen spät gestern."
Mama war etwas beruhigt und zog es vor, das Feld wieder zu räumen. Endlich! Ich kroch wieder ins Bett. Schlafen! Ich möchte nichts als schlafen!
Aber nur wenig später klopfte es erneut.
„McMorrister, bist du zu Hause? McMorrister? Bist du da? Ich bin's, Pia. Bitte, komm doch raus."
Ich seufzte. Nicht einmal sterben konnte man hier in Ruhe. Wieder schleppte ich mich zur Tür und öffnete. Vor dem Eingang knieten Pia, Ylmaz und Kevin.
Pia beugte sich herunter und nahm mich auf die Handfläche. „McMorrister, wie siehst du denn aus?"
„Mir geht's nicht gut."

„Bist du krank?“ Pia schaute mich mit ihren großen Augen an. „Als du heute in der Pause nicht aufgetaucht bist, haben wir uns echt Sorgen um dich gemacht.“
„Müde bin ich…“ Ich seufzte. Aber meine Freunde hatten schließlich ein Recht darauf zu erfahren, was in der vergangenen Nacht alles passiert war.
So begleitete ich die drei nach oben in den Schulhof. Pia spendierte mir einen Keks. Erst jetzt merkte ich, wie hungrig ich war. Ratzebutz schlang ich den Keks hinunter. Gleich ging es mir ein bisschen besser.
Dann berichtete ich den dreien haarklein, was ich erlebt hatte. Ihre Augen wurden immer größer.
Als ich fertig war, meinte Ylmaz nur: „Mann!“
„Dein Vetter Harry ist wirklich ein Fiesling. Aber wenn er dich nicht in den Kanal geschickt hätte, wüssten wir nichts von Eddie und seiner Bande“, sagte Pia.
Die anderen beiden nickten.
Kevin seufzte: „Wenn ich nur auch mal so was Spannendes erleben könnte.“
Ich traute meinen Ohren nicht. Ich hätte auf diese Nacht gerne verzichtet. Vor allem grauste es mir schon vor meiner nächsten Begegnung mit Harry und seinen Kumpels.
Pia war mit ihren Gedanken schon weiter.

„Ich frage mich, was der schöne Eddie im Stadion vorhat."
Sofort fingen die drei an zu rätseln und die wildesten Ideen auszubrüten.
Ich schaute mich gähnend auf dem Schulhof um.
Da traf es mich wie ein Blitz.

HEUTE!
Die Nice Girls
Grosses Open Air-Konzert im Stadion

12. Kapitel – in dem die Zeit vergeht, bis es zu spät ist

HEUTE. Das *Nice-Girls*-Konzert. Im Stadion. Natürlich! Das war es. Der schöne Eddie hatte es auf die Eintrittsgelder für das Konzert abgesehen. Da dürfte ein bisschen mehr rausspringen als bei einem Spiel des TSV. Mit einem Schlag war mir alles klar. McMorrister bleibt nichts verborgen.

Ich wandte mich an Ylmaz: „Junge, du bist doch ein Mathe-Ass."

„Logo."

„Okay. Was schätzt du, wie viele Leute bei einem Konzert ins Stadion passen? Wenn es ausverkauft ist."

„Na, so an die achttausend gehen locker rein."

„Und wie viel kostet der Eintritt pro Nase?"

„Hängt vom Platz ab – so im Schnitt etwa dreißig Mark, ich glaub."

Ui, das wäre ein Monat Käse für meine ganze Sippe! Wofür Menschen alles Geld ausgeben!, dachte ich. Laut aber fragte ich Ylmaz: „Und wie viel Geld kommt dann bei achttausend Leuten zusammen?"

„Warte mal: 8000 Leute mal 30 Mark, das sind, äähhh, 240 000 Mark."

„Genug für den schönen Eddie." Ich zeigte zur Plakatwand. Pia, Kevin und Ylmaz folgten mit ihren

Blicken. Dann dämmerte es allen dreien gleichzeitig. Kevin sah auf die Uhr und wurde ganz kribbelig: „Nichts wie los! Wir müssen hin und den Überfall verhindern."
Pia war skeptisch. „Aber wie soll das gehen? Wer hört schon auf Kinder?" Sie schaute mich an. „Oder gar auf Mäuse?"
Dennoch, die Zeit war knapp. Wir mussten wenigstens versuchen, den Raub zu verhindern. Also auf die Stahlrösser.
Nur wenig später waren wir beim Stadion. Die Rüttelei in Pias Fahrradkorb hatte mich ziemlich schwindlig gemacht. Das Stadion war bereits weiträumig abgesperrt. Damit hatten wir natürlich nicht gerechnet. Um das ganze Gelände verlief ein zwei Meter hoher Zaun. Drinnen patrouillierten Wachleute vom Sicherheitsdienst.
Wir blieben am Zaun stehen, bis einer vorbeikam. Er hatte einen gefährlich aussehenden Schäferhund bei sich. Schnell verschwand ich in Pias Jackentasche.
Pia quatschte den Wachposten an: „Entschuldigen Sie bitte …"
Keine Reaktion! Wir liefen neben ihm her. Er innen am Zaun, wir außen.
„Hallo! Hören Sie mich?" Keine Reaktion!
Pia wurde es zu bunt: „Also hören Sie mal …"

„Ich höre sehr gut. Und ihr könnt abzischen."
Er ging schneller und verschwand im anliegenden Gebäude.
„Was jetzt?", fragte Kevin.
„Warten wir, vielleicht kommt er wieder", antwortete Pia.
Tatsächlich. Nach ein paar Minuten kam der Wachposten zurück. Er hatte wohl gerade dieses Stück des Zaunes zu bewachen, an dem er auf und ab ging. Wieder liefen wir nebenher. Dieses Mal in die andere Richtung. Pia versuchte es erneut.
„Wir wollen doch nur..."
„Nein!"
„Wieso nein?"
„Die Antwort lautet nein!"
„Aber Sie wissen doch gar nicht, was ich sagen wollte."
„Ich kenne alle Fragen von Gören wie euch: Können Sie uns ein Autogramm besorgen? Dürfen wir nur mal kurz hinter die Bühne schauen? Können Sie den Nice Girls einen Blumenstrauß von uns bringen? Können wir, dürfen wir, blablabla. Die Antwort lautet: Nein!"
„Aber ich wollte gar nichts fragen."
„Dann macht, dass ihr wegkommt."
Wieder verschwand der Wachposten in einem

Gebäude. In letzter Verzweiflung rief Pia dem Mann hinterher: „Wir wollten Sie nur warnen. Jemand will heute Abend die Kasse rauben!!!!!!!“
Hatte der Typ eben nicht eine Viertelsekunde gezögert? Doch dann war er wieder im Hauseingang verschwunden.
Wütend setzten wir uns neben den Zaun.
Ich schaute Pia an. „Und was jetzt?“
„Warten.“
„Worauf warten? Der Typ hört uns doch nie zu. Sollen wir es nicht woanders noch einmal versuchen?“
„Wir warten. Irgendwas passiert.“
Und es passierte. Nach knapp zehn Minuten kam ein Polizeiwagen langsam am Gebäude entlanggefahren. Zwei Polizisten stiegen aus und gingen direkt auf uns zu. Eiligst versteckte ich mich wieder in Pias Jackentasche.
„Ihr seid die Kinder, die vor einem Raubüberfall warnen wollen?“
Pia, Ylmaz und Kevin nickten eifrig.
„Dann sollten wir mal alle gemeinsam zur Wache fahren.“ Die beiden Polizisten luden uns ein und fuhren los, ohne noch ein Wort zu sagen.
Pia hielt es nicht aus. „Wollen Sie gar nichts wissen, wegen dem Raubüberfall?“
Einer der Polizisten drehte sich um und lächelte.

„Doch, aber das könnt ihr alles dem Kommissar erzählen."
Auf der Polizeiwache wurden wir in einen kleinen Raum gebracht. Außer einem großen Tisch, ein paar Stühlen und einem übervollen Aschenbecher war der Raum leer. Überall stank es entsetzlich nach kaltem Rauch. Beinahe hätte ich einen Hustenanfall bekommen. Doch ich hielt mich zurück. Sonst hätte ich alles vermasselt. Die meisten Erwachsenen reagieren ja auf Mäuse sehr merkwürdig und selten freundlich. Und gerade jetzt wollte ich wirklich kein Risiko eingehen.
Wir warteten eine halbe Ewigkeit, ohne dass etwas geschah. Es war schon kurz vor sechs. In einer Stunde war Einlass zum Konzert. Wenn die Polizei jetzt nicht langsam in die Gänge kam...
Ylmaz meinte gerade, wir wären wohl vergessen worden, da öffnete sich die Tür. Ein älterer Mann im Anzug trat ein. Er sah recht nett aus und stellte sich als Kommissar Willinger vor.
„Ihr habt also von einen Raubüberfall auf die Stadionkassen gehört. Na, dann erzählt mal!"
Pia legte los.
Kommissar Willinger hörte ruhig zu. Schließlich fragte er: „Und woher wisst ihr das alles?"
Die wahre Geschichte hätte uns niemand abgekauft.

Also schwindelte Pia, wie wir es uns vorher ausgedacht hatten: „Wir haben den schönen Eddie aus Versehen belauscht."
„Ach ja, und wo?"
„Im Bus. Wir saßen eine Reihe hinter ihm."
„Und wann?"
„Oh, äh, ja. Gestern Nachmittag."
„Genauer bitte: um 16 Uhr, um 17 Uhr...?"
„Äh, ja."
„Ja?"
„Na ja, so irgendwann dazwischen."
„Mmh", brummte Kommissar Willinger und verließ den Raum. Wieder warteten wir endlos lange.
Mit den beiden Polizisten, die uns hergebracht hatten, kam der Kommissar zurück. Er schaute nun nicht mehr so freundlich. Wütend fuhr er uns an: „Das ist ja eine schöne Story, die ihr euch ausgedacht habt. Aber wir haben hier bei der Polizei Wichtigeres zu tun, als uns von euch verkohlen zu lassen. Wir kümmern uns nämlich hier um echte Verbrecher und echte Verbrechen. Klar? Fast hätte ich euch geglaubt, wenn ich nicht genau wüsste, dass der schöne Eddie auf gar keinen Fall Bus fährt. Das ist ihm viel zu popelig. Er rauscht nur mit seinem dicken Sportwagen in der Gegend herum. Und außerdem habe ich telefoniert. Unser Freund Eddi war gestern

von 16 bis 17 Uhr hier bei uns zum Verhör in einer anderen Sache."

„Aber…", sagte Pia.

Doch der Kommissar ließ sie nicht zu Wort kommen. „Meine Kollegen werden euch jetzt nach Hause fahren. Für heute lasse ich euch die Sache durchgehen. Aber wenn ihr hier noch einmal auftaucht, kriegt ihr gewaltigen Ärger. Kapiert?"

Den Kindern verschlug es die Sprache. Kommissar Willinger drehte sich um und verließ den Raum. Die beiden Polizisten bugsierten uns hinaus in ihren Wagen.

Nicht zu fassen, wie dumm Menschen doch sein können. Das haut den besten Mäusedetektiv von den Pfoten. So eine Pleite!

Die Polizisten setzten uns am Stadion ab, denn dort standen ja noch die Fahrräder. Nun war es schon Viertel nach sieben. Das Konzert hatte begonnen. Pia und die anderen würden ordentlich Ärger bekommen, wenn sie nicht bald zu Hause einlaufen würden. Ylmaz verabschiedete sich zuerst, er wohnte in der Nähe. Pia setzte mich in ihren Korb und wollte ebenfalls losstrampeln. Kevin hatte ja denselben Weg. Wir hatten alle die Schnauze voll. Wie zufällig schaute ich noch einmal zum Stadion.

„HALT!", schrie ich.

P
TOR 2
TOR
POLIZEI
POLIZEI
HEY HO NICE GIRLS

13. Kapitel – in dem ich zu kurz schlafe und zu lange denke

Pia wäre vor Schreck beinahe vom Fahrrad gefallen. Sie legte eine Vollbremsung hin. Ich musste mich mit beiden Pfoten festhalten, sonst wäre ich aus dem Fahrradkorb gepurzelt.

Pia schimpfte: „Musst du mich so erschrecken? Was ist denn nun schon wieder los?"

„Da vorne!" – „Wo?"

Kevin schaltete schneller: „Mensch Pia, schau doch mal. Da ist ein Mordsaufruhr am Haupteingang."

Ich nickte. „Und dort drüben kommen mindestens drei, nein vier Streifenwagen. Wisst ihr, was das bedeutet?"

Pia und Kevin sahen sich an. Dann nickten sie beide: „Der schöne Eddie hat zugeschlagen."

Es war zu spät. Die Polizei hatte nicht auf unsere Warnung hören wollen. Nur weil unsere Story ein paar Lücken aufwies. Der schöne Eddie war in der Zwischenzeit wahrscheinlich schon über alle Berge, besser gesagt: durch alle Kanäle! Die Sache war schief gelaufen. Und zwar gründlich.

Pia machte ein grimmiges Gesicht. „Und wenn wir jetzt noch einmal zur Polizei gehen? Jetzt würden die garantiert auf uns hören."

Ich winkte ab: „Vergiss es! Jetzt ist der Coup ohnehin bereits gelaufen. Was willst du ihnen denn noch erzählen?"
„Zum Beispiel noch Genaueres über Eddies Fluchtweg. Wir müssten eben einfach die Wahrheit sagen."
„Fein. Und die sprechende Maus McMorrister landet dann als Attraktion im Zirkus. Nein, danke!"
Pia seufzte und streichelte mir über den Kopf. „Nun reg dich nicht gleich auf. Es war ja nur ein Vorschlag."
Für uns gab es hier nichts mehr zu tun. Wir radelten heim. Endlich konnte ich einen ruhigen Abend genießen. Vorausgesetzt, Harry gab mir nicht nochmals die Ehre.
Für alle Fälle klemmte ich wieder einen Stuhl unter die Klinke. Dann noch einen guten Happen essen und schlafen. Ich hatte so viel aufzuholen.
Als ich dann jedoch in meinem Bett lag, konnte ich nicht einschlafen. Mir taten sämtliche Muskeln weh. Die ganze Nacht wälzte ich mich von einer Seite auf die andere. Gegen sechs Uhr hatte ich genug und stand auf. Erst duschte ich heiß, dann eiskalt. Brrr. Langsam wurde ich fit.
So kam es, dass ich schon vor dem Unterricht meine Freunde am Fahrradplatz begrüßen konnte. Ylmaz hatte ja gestern den Überfall gar nicht mehr mitbe-

kommen. Er hatte heute Morgen im Radio davon gehört.
Offensichtlich war kurz nach Konzertbeginn wie aus dem Nichts eine dreiköpfige (aha!) Gangstertruppe maskiert in den Kellerraum eingedrungen. Die Veranstalter waren gerade beim Zählen der Einnahmen. Die Berichte sprachen von zwei großen Räubern und einem kleinen dicken (klaro!). Mit über zweihunderttausend Mark waren die drei Täter kurz darauf wieder spurlos verschwunden. Angeblich hat die Polizei eine Stunde nach der Tat am Stadtausgang drei Verdächtige festgenommen. Näheres wusste jedoch keiner.
Wir verabredeten uns für die große Pause. Dann wollten wir zusammen die neuesten Nachrichten im Radio hören. Ylmaz hatte wie immer seinen Walkman mit Radio dabei. Die Schüler gingen zum Unterricht. Ich begab mich zu Onkel Archibald. Heute sollte ich offiziell meine Assistentenstelle antreten.
In Onkel Archibalds Burg war es still. Schlief der alte Erfinder noch? Munter spazierte ich in den Burghof und rief, so laut ich konnte: „Onkel Archibald! Aufstehen! Los geht's! Morgenstund hat Gold im... Autsch!"
Irgendetwas hatte mir beide Beine weggezogen. Ich

war der Länge nach hingehagelt. Ich wollte aufstehen. Doch meine Füße hatten sich in einem dünnen Kabel verheddert. Je mehr ich strampelte, desto schlimmer wurde das Gewirr.
Plötzlich stand Onkel Archibald vor mir und schimpfte: „Hör auf, so herumzustrampeln. Du reißt mir noch das Kabel entzwei. Warte, ich knote dich los."
Onkel Archibald befreite mich aus meiner Zwangslage. Aber er wollte mir nicht erklären, was es mit dem Kabel auf sich hatte. „Wirst es noch brauchen können", sagte er bloß. Dann wies er mir Arbeit zu. Ich durfte seinen neuen Mausefallen-Käseschneider lackieren.
Zur großen Schulpause beurlaubte er mich. Ich machte mich auf die Pfoten in Richtung Schulhof. Gerade rechtzeitig zu den Zehn-Uhr-Nachrichten traf ich ein. Ylmaz hatte die Lautstärke an seinem Walkman voll aufgedreht. So konnten Kevin, Pia und ich mithören.

„... musste die Polizei heute Morgen den Hauptverdächtigen Edgar Bröskamp und seine beiden Begleiter wieder freilassen. Sie waren nur zwei Stunden nach der Tat kurz vor der Autobahnauffahrt verhaftet worden. Sichergestellt hatte die Polizei dabei mehrere Taschenlampen, aber keine Beute ..."

Na, klasse! Das war ja vorauszusehen.
Ylmaz fasste zusammen: „Wir wisse, dass die schöne Eddie das war. Aber wo haben sie die Beute hingesteckt?"
„Versteckt", korrigierte Kevin.
Pia seufzte: „Na, irgendwo auf dem Weg. Viel Zeit hatten sie ja nicht."
Ich dachte laut: „Vielleicht steckt das Geld noch in einem Kanal unter der Erde?"
Kevin stimmte mir zu: „Wir müssen eben nachsehen."
„O nein. Nicht mit mir. Auf gar keinen Fall. Da geh ich nie wieder runter!"
Kevin schmollte: „Na schön, wenn du eine bessere Idee hast."
Ich hatte eine. Wir liefen zum schwarzen Brett der Schule. Dort hing ein Stadtplan mit den Buslinien. Uns interessierte aber nur eines: der direkte Weg zwischen dem Busbahnhof in der Innenstadt und der Autobahnauffahrt, an der der schöne Eddie verhaftet worden war. Pia markierte den Fluchtweg.
Alle starrten auf den Plan. Ich grinste. Pia stutzte und begann ebenfalls zu grinsen. Und Sekunden später grinsten auch Ylmaz und Kevin.

STADTPLAN
AUTOBAHN
STEIN-
BRUCH
STADION
BUS-
BAHN-
HOF

14. Kapitel – in dem ich beschließe, nun doch abzutauchen

Der Steinbruch. Natürlich. Der Fluchtweg führte direkt am Steinbruch vorbei. Das also hatte der schöne Eddie vor zwei Tagen im Steinbruch gesucht: einen Platz, um seine Beute zu verstecken, bis die Luft wieder rein war.

Für uns war sofort klar: Diese Suppe würden wir ihm versalzen. Es gab noch eine Chance, den schönen Eddie dranzukriegen. Wir verabredeten uns für den Nachmittag an der Schule. Die Kinder flitzten zum Unterricht, denn es hatte bereits geklingelt.

Ich machte mich zurück zu Onkel Archibald. Doch noch vor dem Aufgang zum Dachboden traf ich alte Bekannte. Harry und seine drei Freunde warteten schon auf mich. Ich atmete tief durch, dann hatte ich mich wieder in der Gewalt. Denn ich hatte eine Bewegung im Schatten der Treppe gesehen, die Harry offenbar nicht bemerkt hatte.

„Morgen, Harry, nett dich zu sehen."

Alle vier stellten sich mir in den Weg. Harry hob drohend die zur Faust geballte Pfote.

„Ich weiß zwar nicht, wie du das geschafft hast", zischte er, „aber glaube bloß nicht, dass du damit durchkommst."

„Durchkommen ist das richtige Stichwort“, sagte ich zuckersüß. „Würdest du mich bitte durchlassen?“

Harry knirschte vor Wut mit seinen Mäusezähnen. „Ich kriege dich noch und dann …“

Da ertönte hinter ihm eine tiefe Stimme: „Was dann?“

Harry fuhr herum. „O nein!“, quiekte er und wich zurück.

Aus dem Schatten der Treppe war mein Freund Tonne aufgetaucht und leckte sich das Maul. Harry wusste nicht, dass der Hausmeisterkater keinen Appetit auf Mäuse verspürte. Schreiend nahmen er und seine drei Kumpels Reißaus.

„Ab sofort steht McMorrister unter meinem persönlichen Schutz!“, rief Tonne ihnen grimmig nach.

Ich kugelte mich fast vor Lachen, und Tonne grinste über sein ganzes Katergesicht. Dann wurde er plötzlich ernst: „Ich gebe zu, dass Reden alleine vielleicht nicht immer weiterhilft. Bei dem Knaben könnte man tatsächlich handgreiflich werden.“

„Wem sagst du das, Dicker?“ Ich erzählte Tonne, was Harry und seine Kumpane letzte Nacht mit mir angestellt hatten und wem ich in der Kanalisation begegnet war. Er hörte staunend zu. Ich endete mit dem Satz: „Jetzt wollen wir die Beute suchen.“

„Okay“, meinte Tonne, „ich bin dabei.“

„Wirklich?“
„Das kann ich mir doch nicht entgehen lassen. Und so wie ich Knorrz kenne, ist der alte Rabe auch mit von der Partie.“
Tonne wollte mit Knorrz nachmittags zu unserem Treffpunkt kommen. Ich verabschiedete mich und flitzte nach oben, zu Onkel Archibald.
Mit ziemlicher Verspätung betrat ich wieder den Burghof. Onkel Archibald schraubte an einer riesigen ausgeschlachteten Mikrowelle herum. Aus dem Gerät ragten die beiden Kabel, in die ich mich heute Morgen verwickelt hatte. Oben auf der Mikrowelle war ein Haken angebracht. Archibald Morenius war gerade dabei, den Innenraum abzudichten.
Ich dachte, es sei an der Zeit, auch meinen erfinderischen Patenonkel einzuweihen.
Onkel Archibald schien allerdings nicht sehr überrascht zu sein. Als ich ihm sagte, wo wir die Beute vermuteten, murmelte er lediglich: „Dachte ich mir.“
Ich stutzte: „Wie bist du denn darauf gekommen?“
„Nun, erstens höre ich Radio, zweitens habe ich einen Stadtplan, und drittens habe ich auch Grips im Kopf. Ich bin noch nicht so senil, wie viele denken.“
Tatsächlich, Onkel Archibald würde gar keinen schlechten Detektiv abgeben. Wenn er nur ein paar Jahre jünger wäre. Dann fiel mir etwas ein.

„Sag mal, Onkel, was macht eigentlich das Pflanzenstück, das du untersuchen wolltest?“
Onkel Archibald strahlte. „Na endlich! Ich dachte schon, du würdest mich überhaupt nicht mehr danach fragen.“
„Komm schon, lass mich nicht ewig betteln. Was ist mit der Pflanze?“
„Die Details erspare ich dir als Nichtwissenschaftler. Dich interessiert gewiss nur das Ergebnis …
„Stimmt!“
„Es handelt sich um ein Stück einer einheimischen Wasserpflanze. Sie wächst nur am Boden stillstehender Gewässer.“
„Zum Beispiel in Steinbruchseen?“
„Zum Beispiel in Steinbruchseen.“
Ich fasste zusammen: „Das heißt also, der Schlauchbootbenutzer war vorher am Grund des Sees.“
„Ich würde sagen, das liegt nahe.“
„Dann wissen wir ja, wo wir suchen müssen. Heute Nachmittag finden wir die Beute. Garantiert.“ Ich stockte. „Aber von den Kindern kann keines tauchen.“
Onkel Archibald nickte. „Ich weiß. Aber du.“
„Iiiich?“
„Ja, du. Das ist für einen jungen Helden wie dich kein Problem. Mit …“

„Nein. O nein. Kommt nicht in Frage. Ich hasse Wasser. Ich kann überhaupt nicht schwimmen. Freiwillig gehe ich in keinen Kanal und schon gar nicht in irgendeinen See. Auf gar keinen Fall!"

Onkel Archibald zuckte die Schultern. „Schade. Wenn du mich ausreden lassen würdest..."

Ich war schon beleidigt: „Bitte!"

„Mit dem von mir entwickelten Spezial-Mäusetauchboot ist das gar kein Problem. Du wirst dabei noch nicht einmal nass."

Onkel Archibald zeigte mir seine Erfindung. Er hatte tatsächlich aus einer alten Mikrowelle ein U-Boot gebastelt. Es konnte von oben über eine Kette herabgelassen und gesteuert werden. Mit dem Kabel waren zwei Sprechfunkgeräte verbunden. Damit konnte man Kontakt zur Außenwelt halten. Unter dem Mikrowellentauchboot befand sich ein Greifarm, den man ebenfalls über zwei Drähte bedienen konnte. Ich staunte.

„Mmmh, das könnte funktionieren."

„Das funktioniert, lieber Neffe."

Ich war schon so gut wie überredet. Wasser hin, Wasser her. Die Chance konnte ich mir nicht entgehen lassen. Ich, McMorrister, würde als Erster die Beute des größten Raubüberfalles finden, den unsere Stadt je gesehen hatte. McMorrister, der Held.

Ich grinste Onkel Archibald an.
Er grinste zurück. „Wusste ich's doch."
Dann führte er mich in sein Erfindungslager. „Wenn du für deine Expedition noch etwas brauchst, so bediene dich ..."
Ich überlegte ...

PORTABLES KATZEN-WARN-RADAR-GERÄT
SUPER-ELASTI-SCHES TELESKOP-NYLON-SEIL
INFRAROT-HELM FÜR MÄUSE
LASER-KÄSE-SCHNEIDER
ZÜNDKI

15. Kapitel – in dem ich abtauche und ungebetene Besucher auftauchen

Ich überlegte nicht lange. Das superelastische Teleskopnylonseil und den Laserkäseschneider konnte ich gebrauchen. Sicherheitshalber entschied ich mich auch noch für die Tube Instant-Käsecreme. So eine Zwischenmahlzeit konnte ich immer vertragen. Onkel Archibald packte alles in das Mikrowellen-Tauchboot. „Sage deinen Freunden, sie sollen die Sachen später hier abholen."

Den Rest des Vormittages verbrachten wir mit letzten Arbeiten am Tauchboot. Ich ließ mir von Onkel Archibald genau erklären, wie es funktionierte. Einen Fehler zehn Meter unter der Wasseroberfläche konnte ich mir nicht leisten.

Schließlich war es so weit. Zum vereinbarten Zeitpunkt trafen wir uns alle: Kevin, Pia und Ylmaz, und außerdem Knorrz und Tonne. Die beiden konnten allerdings keine Menschensprache. So musste ich dolmetschen, das hieß, alles zweimal sagen.

Ich berichtete, wo nach Onkel Archibalds und meiner Meinung die Beute versteckt sein müsste. Kevin holte das Tauchboot vom Speicher, und dann brachen wir auf. Das Tauchboot kam in Ylmaz' Fahr-

radanhänger, den er mitgebracht hatte, damit wir später die gefundene Beute transportieren konnten. Tonne hüpfte mit in den Hänger. Das Laufen war ihm zu mühsam.
Wir hatten Glück, als wir am Steinbruch ankamen. Die Kette am Tor war noch nicht repariert. Wir kamen also problemlos aufs Gelände. Unten am See fanden wir das Schlauchboot wieder an der alten Stelle. Aber offensichtlich war es in der Zwischenzeit benutzt worden. Die Ruder lagen ganz anders.
Erst jetzt fiel mir auf, wie groß der See wirklich war. „Da kann die Suche ganz schön lange dauern."
Aber Pia blieb zuversichtlich. „Wir fangen in der Mitte an und arbeiten uns dann wie eine Schneckennudel nach außen."
Ich seufzte. Das konnte Stunden unter Wasser bedeuten.
Dann ging's los. Pia und Ylmaz sollten mich im Schlauchboot begleiten. Kevin blieb mit Tonne und Knorrz am Ufer zurück, um aufzupassen, dass uns Eddie nicht überraschte. Meine beiden Helfer ruderten geschickt bis zur Mitte des Sees. Dort bestieg ich das Mikrowellen-Mäusetauchboot.
Ich ermahnte Pia: „Vergiss nicht, die Luft reicht nur für zwanzig Minuten. Dann müsst ihr mich hochziehen und die Klappe öffnen."

Pia nickte. „Wir wissen Bescheid. Keine Angst, McMorrister."
„Ich haben keine Angst. Ich bin nur besorgt."
Pia schmunzelte. „Dann also keine Sorge."
Ich nickte mit dem Kopf und machte es mir im Tauchboot gemütlich. Pia setzte es sanft auf das Wasser und hängte an der Unterseite das Tauchgewicht ein. Das Gewicht sorgte dafür, dass mich der Auftrieb nicht nach oben drücken würde. Sie nahm die Sicherungsschnur, an dem auch das Fernsprechkabel befestigt war, und ließ mich langsam hinabgleiten. Immer tiefer ging es in die kalten Fluten. Mich überkam ein Frösteln. Ein Schwarm kleiner Fische zog langsam und unbeeindruckt am Sichtfenster meines Tauchbootes vorbei.
Ich funkte nach oben: „Nicht so schnell."
„Okay! Wir machen langsamer. Gib Bescheid, wenn du den Grund siehst."
„Vorläufig sehe ich gar nichts. Hier ist es total trübe."
In der Tat war die Sicht absolut bescheiden. Ich schaltete die Taschenlampe ein, die ich mit an Bord hatte. Schon ging es besser. Ich leuchtete schräg nach unten und erschrak. Ich war nur noch einen halben Meter vom Boden entfernt, der an dieser Stelle mit spitzen Steinbrocken übersät war.
„Halt. Halt! Haaaalt!"

Es gab einen Ruck. Ich atmete auf. Nur wenige Zentimeter über einem der spitzen Felsen war meine Fahrt in die Tiefe gestoppt worden.
Ich schaute mich um und stöhnte: „Ach du großer Rattenmist!“
Pias Stimme kam ängstlich von oben: „Ist was passiert, McMorrister? Bist du in Ordnung?“
„Ja, ja. Mir geht's gut. Aber wie soll ich hier je die Beute finden?“
„Warum? Siehst du nichts?“
„Umgekehrt.“
„Wie bitte?“
„Umgekehrt. Ich sehe zu viel. Hier liegt Müll von Jahrzehnten: ein Kühlschrank, Autoreifen, Sporttaschen, Klosettdeckel, Plattenspieler, Bierdosen. Was immer du brauchen kannst, ich kann es dir hochschicken.“
„Ich hätte eigentlich lieber Geld. So um die zweihunderttausend Mark.“
„Schätze, von den Gegenständen hier unten ist das keiner wert.“
Langsam überschaute ich die Gegend. Von der Beute entdeckte ich weit und breit keine Spur. Ich bat Pia, ein paar Meter weiter zu rudern. Zu sehen gab es wirklich viel. Aber nichts sah auch nur im entferntesten nach wasserdicht verpacktem Geld aus.

Das Päckchen musste eigentlich recht groß sein. Vier Stationen weiter dachte ich tatsächlich, ich hätte eine Wasserleiche gefunden. Doch es war nur eine halbvermoderte Schaufensterpuppe. So eine Schweinerei, den See als Müllkippe zu missbrauchen!
Immer weiter ging die Suche. Zweimal musste ich auftauchen, um Luft zu holen. Den halben See hatten wir schon abgesucht, jedoch ohne jede Spur.
Pia erkundigte sich: „Sollen wir aufhören? Kannst du noch?"
„Wir hören dann auf, wenn wir die Beute gefunden haben."
„Na dann. Wenn es dir nicht zu kalt dort unten ist."
Sie hatte Recht. Ich fror trotz Jacke, als würde ich in einem Kühlschrank sitzen.
Kühlschrank? War da nicht …?
Ich griff zum Fernsprechgerät: „Pia, können wir noch mal zurück zum Ausgangspunkt? Ich hätte mir gerne noch einmal den Kühlschrank in der Seemitte angeschaut."
„Kein Problem. Du bist der Boss."
Ich ließ mich so nahe wie möglich an den alten Kühlschrank heranschaukeln. Merkwürdig! Er war über und über mit Algen bedeckt. Aber der Türgriff war spiegelblank.
Dass mir das nicht schon vorhin aufgefallen war!

„Drücke die Daumen. Das hier sieht gut aus“, funkte ich nach oben. Ich gab Pia genaue Anweisungen: „Noch ein paar Zentimeter vorwärts. Okay. Stopp. Ein wenig tiefer, bitte. Ja, in Ordnung. Stellung halten.“

Ich schwang mich hinter den Greifarm und legte los. Schon beim ersten Mal bekam ich den Türgriff zu fassen. Ich zog. Die Kraft reichte nicht aus. „Pia? Ylmaz? Könnt ihr ein wenig rückwärts rudern? Aber vorsichtig!“

Das Seil spannte sich. Beim nächsten Ruderstoß schnappte die Tür auf. Der Kühlschrank stand offen. „Bingo! Wir haben es.“

„Super!“, funkte Pia zurück.

Nach zwei Versuchen gelang es mir, mit dem Greifarm den Griff des nagelneuen Aluminiumkoffers zu schnappen, der im Kühlschrank lag.

Eben wollte ich Befehl zum Auftauchen geben, als Pia Alarm funkte.

„McMorrister! Der schöne Eddie ist aufgetaucht. Er steigt gerade aus dem Auto.“

Ich schluckte. Ausgerechnet jetzt, wo wir ihn so gut wie überführt hatten.

Pia berichtete weiter: „Sie bedrohen Kevin mit einer Pistole. Er winkt uns, wir sollen ans Ufer kommen. Was sollen wir machen?“

„Gehorchen. Geht bloß kein Risiko ein."
„Okay, wir ziehen dich hoch."
„Nein. Klinke mich aus."
„Aber dann kommst du nie mehr hoch. Du hast nur noch Luft für acht Minuten."
Das stimmte. Aber ich hatte eine Idee.
„Lasst das Seil los und rudert schnell zum Ufer. In genau sechs Minuten lenkt ihr die Jungs irgendwie vom See ab. Lasst euch was einfallen."
Pia sagte nichts mehr.
Plötzlich merkte ich, wie ich an Höhe verlor. Rasch sackte ich bis auf den Grund ab. Beim Aufprall rüttelte es mächtig. Langsam wurde die Luft schon stickig.
Ich wartete endlose fünfeinhalb Minuten. Schließlich hatte ich kaum noch Atemluft.
Jetzt!
Ich klinkte mit dem Greifarm das Tauchgewicht aus. Zuerst bewegte sich gar nichts. Der schwere Alukoffer mit der Beute zog nach unten. Aber ganz langsam setzte sich mein Tauchboot nach oben in Bewegung. Schließlich wurde es schneller. Dann durchbrach ich die Wasseroberfläche. Rasch stieß ich die Klappe auf. Aahh! Frische Luft. Ich schaute hinaus und peilte die Lage.

16. Kapitel – in dem alles anders läuft als geplant, zum Glück für alle

Auf der Böschung etwas oberhalb des baufälligen Bootsstegs waren meine Freunde, bedroht von drei gewissenlosen Strolchen. Ylmaz wälzte sich am Boden. Was hatten sie mit ihm gemacht? Was konnte ich bloß tun, um sie zu retten? Tonne und Knorrz allein würden ihnen nicht helfen können. Zufällig fiel mein Blick auf das alte Kabelfass oben auf der Böschung. Einer von Eddies Kleiderschränken verdeckte es halb. Ich überlegte kurz. Ja, so könnte es vielleicht klappen …

Glücklicherweise hatte mich noch niemand bemerkt. Neben meinem Tauchboot schwamm ein Ast im Wasser. Ich schulterte das superelastische Teleskopnylonseil, nahm den Laserkäseschneider und sprang hinaus. Verbissen krallte ich mich an meinem Rettungsfloß fest. Jetzt strampelte ich, was das Zeug hielt. Geradewegs in Richtung Ufer zum alten Bootssteg.

Schon war ich nahe genug, um zu hören, wie Ylmaz stöhnte: „Meine Bauch, meine Bauch.“

Der schöne Eddie rief unsicher: „Was hat er denn? Wir haben ihn doch gar nicht angefasst.“

Pia kniete neben Ylmaz und tastete ihn ab. „Er hat Schmerzen am Blinddarm. Er muss sofort zu einem Arzt. Bitte lassen Sie uns gehen."
„Auf gar keinen Fall. Ihr bleibt hier, bis wir alles erledigt haben."
Da dämmerte es mir. Im Geiste lobte ich Pia und Ylmaz. Die Ablenkungsshow war wirklich gelungen, fast wäre ich selbst darauf reingefallen. Keiner schaute zum See. Ich konnte unbeobachtet unter dem alten Bootssteg verschwinden.
Hier war ich erst mal sicher. Ich kämpfte mich weiter, bis ich Boden unter den Pfoten spürte. Dann rief ich leise nach Tonne: „Dicker! Pssst. Hier bin ich."
Tonne reagierte nicht. Schwerhöriger alter Fettwanst!
Ich nahm ein Steinchen und warf es ihm ins Kreuz. Er sprang herum. Dabei entdeckte er mich endlich. Er stupste Knorrz an und wies in meine Richtung. Ich winkte, und beide kamen zu mir ans Wasser geschlichen. Hier waren wir außer Sichtweite der Ganoven. Ich erklärte den beiden meinen Plan.
Knorrz schüttelte nur den Kopf: „Dasss funktionierrrt nie, mein Frrreund."
„Hast du eine bessere Idee?"
Mit diesen Worten reichte ich Knorrz das Nylonseil. Er nahm es kommentarlos und flog unbemerkt zu

Eddies Sportwagen. Das eine Ende befestigte Knorrz an der hinteren Stoßstange. Das andere Ende legte er daneben bereit, setzte sich und wartete. Der schöne Eddie wurde langsam ungeduldig.
„Von mir aus kann euer Freund an seinen Bauchschmerzen krepieren. Was habt ihr hier eigentlich zu suchen? Ich hab euch doch neulich schon in der Nähe gesehen. Schnüffelt ihr mir etwa nach?"
Pia war die Mutigste. Sie schaute Eddie in die Augen und sagte unschuldig: „Nein, bestimmt nicht, wir kennen Sie doch gar nicht, Herr Bröskamp."
Kevin stieß ihr den Ellbogen in die Seite – zu spät. Eddie stutzte: „Und woher wisst ihr meinen Namen?", raunzte er.
„Aus ... aus der Zei ... tung", stotterte Kevin.
„Da ist doch was oberfaul mit euch!", sagte Eddie. „Also raus mit der Sprache, was wollt ihr hier? Wir können auch noch ganz andere Seiten aufziehen!"
In der Zwischenzeit hatte ich mir Onkel Archibalds Laserkäseschneider geschnappt und alle sechs Pfosten des brüchigen Bootssteges zur Hälfte durchgesägt.
Jetzt kam der dritte und heikelste Teil meines Planes. Ich sah auf den See hinaus. Das Mikrowellen-Tauchboot mit dem Alukoffer am Greifarm war inzwischen ordentlich landwärts getrieben. Ich wollte

eben mit meinem Auftritt beginnen, da riss dem schönen Eddie der Geduldsfaden.
„Mir reicht's jetzt! Wenn ihr mir keine Antwort geben wollt, dann werdet ihr schon sehen, was ihr davon habt. Marsch, alle in die Hütte."
Seine beiden Kleiderschränke schubsten die Kinder zum Hütteneingang. Tonne wollte eingreifen, aber ich hielt ihn zurück.
Tonne flüsterte: „Ich hoffe nur, dass dein Plan funktioniert, sonst machen die wer weiß was mit den Kindern."
Wir verschwanden gerade noch rechtzeitig. Denn im selben Moment drehte sich Kleiderschrank Nr. 2 um und schaute zu Eddie und damit auch in unsere Richtung. Er erstarrte. Sein Blick fiel auf den See und das in Ufernähe treibende Mikrowellen-Tauchboot. Seine Augen wurden glasig. Ganz langsam hob sich sein Arm mit ausgestrecktem Zeigefinger.
„Äh, Chef, dadadada schwimmt dadadas Gegegeld."
Nun starrten alle drei Ganoven aufs Wasser. Tatsächlich, neben dem Tauchboot war jetzt auch der Aluminiumkoffer sichtbar!
Ohne lange zu überlegen, liefen Eddie und die beiden Kleiderschränke los.
Jetzt oder nie!

Ich zischte Tonne an: „Los! Unsere einzige Chance!" Tonne kapierte und war mit wenigen großen Sprüngen bei dem alten Fass. Knorrz schnappte sich das lose Ende der Nylonschnur und flatterte auf. Ich selbst stellte mich ans äußerste Ende des Bootsstegs. Die drei Ganoven hatten den Steg fast erreicht. Ich hielt die Hände an die Ohren und streckte ihnen die Zunge heraus: „Kommt schon, ihr Feiglinge! Los, kommt schon! Oder habt ihr Angst vor einer Maus?"
Die drei machten eine Vollbremsung, dass sie fast ins Schleudern kamen. Fassungslos schüttelte Eddie den Kopf. „Spinne ich, oder habe ich gerade wirklich eine sprechende Maus gesehen?"
„JETZT!"
Das war mein Startschuss. Tonne zerrte den Holzkeil unter dem Fass weg, das sich rumpelnd in Bewegung setzte und immer schneller wurde. Die Böschung hinunter rollte es direkt auf die drei Gauner zu. Die wandten sich erschrocken um und rannten nun fluchtartig weiter: Hals über Kopf auf den Bootssteg. Knorrz war gleichzeitig mit dem Seil im Schnabel herangekommen. Ein gutes Dutzend Mal umflatterte er in großem Bogen die Beine der drei Ganoven, die wie wild nach ihm schlugen. Doch sie trafen ihn nicht.
Dann ging alles blitzschnell. Die drei verhedderten

sich in dem Nylonseil und krachten auf die Planken. Der Bootssteg knickte ein. Knorrz ließ das Nylonseil los und flog zu mir. Ich packte seine Krallen und hielt mich mit beiden Pfoten fest. Knorrz flatterte auf – gerade noch rechtzeitig.
Denn jetzt landete das schwere Fass auf dem Steg und gab ihm den Rest. Er krachte zusammen und versank mit den Ganoven in einer riesigen Fontäne im See.
„Hurra!", brüllte Ylmaz, und Pia und Kevin machten Freudensprünge. Knorrz krächzte triumphierend und setzte mich neben Tonne ab.
Doch es war noch zu früh, um sich zu freuen. Die Gauner konnten sich jederzeit von ihren Fesseln befreien, und dann würden wir ganz schön dumm dastehen!
Wir beschlossen, dass Kevin schnellstens zur nächsten Telefonzelle radeln und die Polizei herbeirufen sollte. Pia und Ylmaz wollten den schönen Eddie und seine Kleiderschränke solange mit Holzkeulen in Schach halten. Der eingebrochene Steg lieferte genug schlagkräftiges Material.
Die drei Gauner zappelten wie die Fische im Netz und fluchten dabei, dass einem die Ohren abfallen konnten. Kaum hatte es einer geschafft, sich aufzurichten, riss ihn einer seiner Kumpane wieder um.

Aber da, so ein Mist! Der schöne Eddie hatte eine Hand frei bekommen und versuchte gerade, sich das Seil abzustreifen.
„Na wartet, wenn ich an Land bin“, keuchte er wütend.
Ylmaz und Pia fuchtelten drohend mit ihren Keulen. Doch der schöne Eddie sah nicht so aus, als ob er sich davon einschüchtern ließe. Schon hatte er auch die andere Hand frei. Die Lage drohte wieder brenzlig zu werden.
Tatütata – tatütata! Dreimal gelber Käse, die Polizei nahte. Vor Erleichterung kniff ich Tonne in den Pelz. Kevin tauchte japsend hinter den oberen Büschen auf.
Und dann ging wieder alles ganz schnell. Zwei Streifenwagen hielten mit laufendem Martinshorn bei der Hütte. Heraus sprangen drei Polizisten mit gezückten Pistolen und Kommissar Willinger.
Mit vereinten Kräften zogen die Polizisten die Ganoven am Seil aus dem Wasser und legten ihnen gleich Handschellen an.
Inzwischen angelte Pia mit ihrer Keule den Aluminiumkoffer heraus, der neben dem kaputten Steg gedümpelt war.
Kommissar Willinger öffnete ihn persönlich – und pfiff durch die Zähne. Wahrhaftig! Der Koffer war

randvoll mit Geldscheinen, wasserdicht eingepackt in Klarsichtfolie!

Pia, Kevin und Ylmaz jubelten. Tonne drückte mir vor Begeisterung mit seiner Tatze fast die Luft ab. Aber auch ich war begeistert.

Wir hatten das Unmögliche geschafft. Drei Kinder, eine fette Katze, ein großkotziger Rabe und ein genialer Mäusedetektiv hatten gemeinsam drei waschechten Verbrechern das Handwerk gelegt.

Einer der Polizisten schloss dann noch die Hütte auf: Darin war eine komplette Taucherausrüstung versteckt!

Als Eddie und seine Komplizen sowie der Geldkoffer auf die beiden Streifenwagen verteilt waren, kam Kommissar Willinger noch einmal zurück. Knorrz flatterte sicherheitshalber auf den nächsten Baum, und Tonne und ich verzogen uns diskret hinter einen Busch.

„Ich glaube, ihr drei müsst mir eine Menge erklären. Am besten fahrt ihr uns mit den Rädern gleich nach zum Polizeipräsidium“, sagte der Kommissar. „Ich erwarte euch dort.“

Mit Tatütata fuhren sie ab. Tonne, Knorrz und ich kamen wieder hervor. Tatütata! Oh, meine armen Ohren!

Tonne sah mich an und haute mir sanft die Tatze auf

die Schulter. „Seht unseren Helden. Er verzieht das Gesicht vor Schmerzen, aber er klagt nicht. Dabei hat er ganz allein uns alle gerettet und die Verbrecher auf Eis gelegt."

Ylmaz sah mich fragend an, aber ich war zu bescheiden, um die Worte des Katers in die Menschensprache zu übersetzen.

Da sagte Kevin schon: „Eigentlich musst du mitkommen zur Polizei, McMorrister. Schließlich hast du die meiste Arbeit mit diesem Fall gehabt."

„Nein, nein, kommt nicht in Frage. Ich habe keine Lust, im Labor oder im Zoo zu landen!", sagte ich eisern. „Mich müsst ihr da raushalten. Außerdem: Da wartet schon ein neuer Fall auf mich …"

Pia beugte sich zu mir herunter, nahm mich auf die Hand und gab mir einen vorsichtigen Kuss auf die Nase.

„McMorrister, du bist einfach unschlagbar."

Beinahe wäre ich rot geworden. Aber nur beinahe. Stattdessen schaute ich ihr tief in die Augen und antwortete: „Ich weiß."

POLIZEI

Die Deutsche Bibliothek - CIP-Einheitsaufnahme

Kopietz, Gerit:
McMorrister ermittelt ... / Gerit Kopietz und Jörg Sommer.
Mit Zeichn. von Andi Wolff. - Berlin : Kinderbuchverl.

Abgetaucht. - 1999
ISBN 3-358-02175-0

Kibu® Kinderbuch

Umschlagillustration: Andi Wolff

ISBN 3-358-02175-0

1. Auflage 1.–3. Tausend

gesetzt aus Baskerville MT, 13 Punkt
gedruckt auf 100 g Munkenprint WD
Satz: Utesch GmbH, Hamburg
Lithos: Scan & dtp Dorfmeister, München
Druck und Bindung: Freiburger Graphische Betriebe

ISBN 3-358-02175-0

Wir danken unseren Partnern und Lieferanten!